恋ごろも　お江戸縁切り帖

泉　ゆたか

集英社文庫

目次

恋ごろも　お江戸縁切り帖

第一章　金目

1

路地の入口の焼け焦げた桜の木に、小さな花がひとつ咲いた。

爪で木の肌をちょっといじれば、黒く色が変わった皮がほろほろと崩れてしまうような桜の木だ。根本は腐って色が変わっている。そう遠くないうちにこの木は朽ち果ててしまうに違いなかった。

だが今このときは、春の訪れを待ち構えていたように、枝先にぽつんとひとつの花を咲かせている。

健気（けなげ）でたくましいその姿に、長屋の住人たちは前を通るたびに笑顔で足を止めた。

「さあさあ、よってらっしゃい、みてらっしゃい。奈々（なな）のお手製布草履。使い方はあなた次第ですよ。歩き始めたばかりの小さなお子さまのお土産に。底冷えの厳しいお屋敷の内履きに。少々足が汚れたお客さまがいらしたときにも、ぴったりです」

桜の木の下で奈々が茣蓙（ござ）を広げて、襤褸布（ぼろぎれ）で編んだ布草履を並べていた。

「お奈々、草履屋さんごっこをしているの？　まあ、可愛（かわい）らしい豆草履ね」

茣蓙には大小さまざまな草履に加えて、おもちゃのように小さな草履が並べてある。

思わず手に取ってしげしげと眺めた。豆草履は他とは違って襤褸布ではなく、色鮮やかな良い生地を使っている。窓辺に飾る置物にぴったりだ。まったく奈々はまだ十を過ぎたばかりとは思えない器用な子だ。

「ごっこ遊び、ではありません。奈々は本気も本気、お金儲けの真っ最中です。あ、お糸ちゃん。残念ながら気に入っていただいたそちらの豆草履は、売り物じゃありませんよ。この店で草履を買っていただいた方だけに一対につきひとつ、おまけとしてつけている、貴重なものなのです」

奈々が厳しい顔で首を横に振る。

「あら、そうだったのね」

それじゃあ布草履をいただかなくちゃね、と言いかけたところで、

「私の足に合う草履を四対おくれ。四対も買えば、豆草履は四つ付けてもらえるんだろうね？」

背後から糸の左隣の部屋で暮らすイネの声が聞こえた。

大丸という名の、米俵のように大きな三毛猫を腕にしっかり抱いている。

「わあっ！　おイネ婆さま！　もちろんですとも！　はいはい、それではこちらとこちらとこちらと……最後のひとつは、いつもにこやかでお優しいおイネ婆さまにぴったり

の、華やかな桜色の草履にいたしましょう！」

「桜色だって？　そんな汚れが目立つ色の草履があるかい。年寄りだと思って売れなそうなものを押し付けよう、ってったって、そうはいかないよ」

　イネが口をひん曲げて顔を顰める。

「まあまあ、おイネ婆さま、そんな毒口を叩かれてはいけません。きっとお似合いになりますよ。さ、さ」

　奈々はにこやかにあしらって、イネに桜色の草履を押し付けた。

　まだぶつくさ言っているイネから有難く銭を受け取ると、腰に括り付けた袋に大事に入れる。

　ちゃりん、と良い音が鳴った。

「あらまあ、もうずいぶん売れているのね。お奈々は商売の才があるわ。私にも一つくださいな」

「はいはい、まいどありがとうございます。ですがお糸ちゃん、奈々に商売の才があるなんて嬉しいお話はまだ早いですよ。この長屋でのお店開きは、ご近所さんのよしみに付け込んだ、ただの練習です。奈々は近いうちにもっと人通りの多いところに出向いて、もっともっとたくさんのお金を稼いでみせます。はいどうぞ」

　奈々が凛々しい顔で、浅草紙で手際よく包んだ布草履を差し出した。

「けれど、どうして急に、お金を稼がなくちゃなんて思うようになったの？」

大人になれば嫌でも金勘定が必要になる。大火で母親を亡くしたばかりの奈々には、もう少し大きくなるまでは、憂き世のことなんて我関せずという顔で遊び回って欲しいとも思ってしまう。

「それは内緒です。お糸ちゃんには内緒です」

奈々は得意げに胸を張る。

「おーい、お奈々。帰ったぞ。なんだか楽しそうなことをしているな」

「わあ、おとっつぁん！　今日はお早いお帰りで！」

奈々はつい先ほどまで後生大事に抱え込んでいた売り物を蹴散らすようにして、藍色半纏(ばんてん)がいなせな職人姿の父親岩助(がんすけ)のところへ飛んで行った。

「お奈々、おとっつぁんに会えてよかったわね。草履屋さんが忙しくて、夕飯のお支度はまだでしょう？　今から油揚げの煮物をたくさん作ろうと思っていたから、できたらお部屋に届けてあげるわ」

糸は微笑(ほほえ)んで茣蓙の上の乱れた布草履を整えた。

「いや、お糸さん。お心遣いは有難(ありがて)えが、それはいけねえ。俺が戻っている、ってこたあ、暇はいくらでもあるんだ。これからお奈々を連れて煮売り屋でも行くさ」

奈々を抱き上げた岩助が、すまなそうに肩を竦(すく)めた。

「あら？　どうしてですか？」

糸はきょとんとした顔で首を傾げた。

岩助が大工仕事で遅くなる日は、奈々と一緒に夕飯を食べる決まりだ。岩助ひとりが増えたところでさほど手間は変わらない。

「俺なんかがお糸さんの手料理をばくばく喰ったりなんてしていたら、熊の野郎に悪いからな」

岩助がにやりと笑った。

「まあ、そんな」

熊というのは岩助の弟子の熊蔵のことだ。

熊蔵はいくら長屋の皆にからかわれても、水菓子や小間物など糸が喜びそうなものを見つけるたびに、顔を真っ赤にして届けに来てくれる。

「熊蔵さんはとても良い人です。お奈々と岩助さんのご事情もじゅうぶんわかっていますし、そんなことくらいで気を悪くするはずがありませんよ。あら？」

せっかく熊蔵を良く言ったはずなのに、岩助が呆気に取られた顔をしている。

奈々が、はあっと大きなため息をついた。

「お糸ちゃんは熊蔵さんのお話をするとき、いつだってお仕事の知らせと間違えるくらい平静な顔をしていますね。向こうはお猿のような真っ赤な顔で現れるのですから、ほんの少しくらい頬を染めてあげてはどうですか」

思わず頬に触れた。普段の己の肌のひんやりとした感触だ。

「私、熊蔵さんのことは好きよ。頬(ほ)っぺたが紅(あか)くなるかどうかなんて、林檎(りんご)じゃあるまいし……」

「ああ、これはいけませんね」

奈々がひょっとこのように口を窄(すぼ)めて、目をぐるりと巡らせた。

「まったく、熊も気の毒なこったね。さあ、大丸。思ったとおりだよ。この豆草履はあんたにぴったりさ！」

茣蓙の前で何やらごそごそやっていたイネが、抱いていた大丸を地面に下ろした。

大丸は四本足に先ほどの豆草履を無理矢理履かされて、心底むっとした顔で立ち竦んでいる。

「ああっ！　おイネ婆さま、さすがです！　この豆草履、まさかのまさか、猫の肉球にもぴったりの塩梅(あんばい)だったのですね。作った奈々はまったく意図しておりませんでした。なんて素晴らしい閃(ひらめ)きでしょう！」

「そうだろう、そうだろう。年寄りの耄碌頭(もうろくあたま)を見くびってもらっちゃ困るよ。あんたみたいなちっちゃな子供からは決して出てこない、これまでの面倒くさい人生をいっぱい背負(しょ)っかついだ閃きさ」

「素晴らしいです！　早速、豆草履は〝猫用草履〟として売り出すことにしましょう。これが猫好きのお金持ちの皆さまに大評判になり、大判小判がざっくざっく……。あっ」

大丸がぽーんと草履を飛ばして逃げ出した。

「こらっ、大丸、戻っておいで。せっかくの新しい草履が気に入らないってのかい？　それを手に入れるために、私は要りもしない草履をいくつ買ったと思ってるんだい！」

「おうい、大丸、履き心地を聞かせてくださいな」

イネと奈々が二人で声を揃(そろ)えると、大丸は迷惑そうに振り返って、ひょいと塀の向こうへ消えた。

2

今宵(こよい)は春の嵐だ。

強い風が長屋に勢いよく吹き付けて、天井をかたかたと鳴らす。真冬の凍るような隙間風が吹き込んでくるわけではない。だが人肌のように生ぬるく容赦のない風に身を強張(こわば)らせていると、妙に胸がざわつくような気がした。

こんな日は早く寝てしまうに限る。

針仕事を途中で止(や)めて片付けようとしたところで、路地を進む足音が聞こえた。

気の短い江戸っ子は、いつも早足だ。それもこんな風の強い日はなおさら。己の部屋に戻る足取りにしては遅すぎる。きっと誰かの部屋を探しているのだ。

「おうい、お糸さんの縁切り屋、ってのはここかい？」

男の声に、はっと戸口に顔を向けた。

「お糸さん、いるかい？　俺は、佐久間町で笊売りをしている半助だ。怪しいもんじゃねえさ。俺の代わりに縁切り状を書いて欲しいんだよ。おっ？　いててっ、こりゃたまらん」

周囲を憚って声を潜めていた半助という男が、急に苦しそうな声を上げた。

「糸はこちらです。どうされましたか？」

戸口の向こうに現れたのは、笊売りらしい人の好さそうな丸っこい顔立ちをした男だった。

軽い笊をとんでもなくたくさん天秤棒に引っ掛けて町を回る笊売りは、その見た目の剽軽さから子供たちに大人気だ。

笊売りのほうも子供たちを手なずければお内儀さんの財布の紐も緩くなると知っているので、面倒くさい顔ひとつせずに、小山のような笊を背負ったまま鬼ごっこをしたりして子供の遊び相手になってやる。

「す、すまないねえ。目に塵が入っちまったよ」

半助は瞼を半分閉じておろおろしている。

「まあ、たいへん。こんな強い風の日ですからね。ひとまず中へお入りくださいな」

濡らした手拭いを渡してやると、半助は赤くなった目から零れた大粒の涙を拭った。

「ああ、楽になったよ。あんたがお糸さんだね。遅くに悪いね。大したことない簡単な話だから、すぐに済ませるさ。俺の縁切り、引き受けてくれるだろう？」

半助が糸の顔を心配そうに覗き込んだ。

「私はほんとうは縁切り屋ではなく、ただの代書屋です。でも、その引き札を見てここにいらした方を、追い返すわけにはいきませんね」

糸は困った笑みを浮かべて、文机の前に座った。

半助の手には、奈々が暇を見つけてはそこかしこで配って回っている【えんぎりやおいと】の引き札があった。

〝あくえん　いんねん　くされえん　すべてすっきりいたしませう〟

大人顔負けの美しい筆跡で、ひとつひとつ丁寧に書かれた引き札だ。

奈々の発案で、詳しい場所はどこにも書かれていない。

糸の持つ不思議な力を、冷やかしや悪戯半分、嫌がらせなどに使われては敵わない。本気で誰かとの縁切りを願う人ならば、きっとどうにかしてこの長屋を探し当ててくるだろうという目論見だ。

「どなたとの縁切りのお文でしょうか」

大したことない簡単な話だから。

耳の奥に残った半助の言葉を繰り返しながら、糸は墨を磨った。

「同じ笊売り仲間の六兵衛さ。出会ったのは五年ほど前かね。あいつは俺と同じく川越から出てきた同郷ってんで、話が合ってね。仕事が終わるとしょっちゅう連れ立って一杯呑み屋に繰り出したもんさ」

半助が框に腰掛けて、お猪口をぐいっとやる真似をしてみせた。

「その六兵衛さん、という方が縁切り状の宛名になる方ですね？」

できる限り冷えた声で訊く。

半助が少々白けた顔で「ああ、そうだ」と頷いたと同時に、手早く筆を進めて六兵衛の名を書きつける。

今から書くのは縁切り状だ。二人が出会った頃の楽しい思い出を訊くのは辛い。半助が自身で言ったとおり、「大したことなく簡単に」済ませてしまいたい。

「そう、それで、俺たちはお江戸じゅうの皆と同じくあの大火で焼け出されちまってね。お互い煤だらけになりながらお救い所で顔を合わせたときは、まるで血を分けた兄弟に再会できたみてえにほっとしたよ。大の男が二人で抱き合って、おいおい声を上げて泣いていやがったんだからな」

「……お文の文面をお願いいたします。筆先の墨が乾いてしまいますよ」

糸は筆を見せて、寂しく微笑んだ。

半助ははっと我に返った顔をしてから、糸と同じ表情を浮かべた。

「そう、そうだな。縁切り状の文面だ。ええっと。六兵衛、俺とお前はもう縁を切る」

半助が口元をへの字に曲げて、両腕を前で組んだ。

「貸した金はもう返さなくて良い。半助。――よしっ、これで終わりさ。言ったとおり、大したことない簡単な文だろう？　縁切り、ってったって、惚れた腫れたや恨んだ憎んだなんておっかねえもんがあるわけじゃねえ。ただのつまんねえ金の話さ。あんたもその商売をしていたら、こんな話、これまで腐るほど聞いているだろう？」

半助はわざと明るい顔で笑った。

「書き上がりました。墨が乾くまでもう少しだけお待ちくださいね」

糸は何とも答えずに筆を置く。

半助は糸のどこまでも淡々とした様子に少々居心悪そうな顔をしたが、ふいに吹っ切れたように、うんっ、と頷いた。

「ようし、これですっきりしたぞ！　あんな端金、熨斗つけてくれてやらあ。あいつ、もしかして借りたことを忘れちまったのか、とか、どうやって早く返してくれって言い出そうか、とか、ちまちまじめじめ悩むのはもうおしまいだっ！　どうして気持ち良く貸してやったこっちのほうが、こんなにあれこれ悩まなくちゃいけねえってんだ！　そう思わねえかい？　なあ、お糸さん、もう済んだことさ。少しくらい話に乗っておくれよ！」

　半助が糸に向かって身を乗り出した。

「六兵衛さんは、半助さんから借りたお金を、返してくださらなかったんですね」

　早く墨が乾いて欲しいと思いながら、とりあえず相槌（あいづち）を打つ。

　さんざん言われ尽くしている「金の切れ目が縁の切れ目」という言葉は、どうやらほんとうなようだ。

「そうさ、そのせいでどれほど気が細る思いをしたかって……。へらへら能天気にしていやがる六兵衛も気に喰わねえさ。けどな、俺は何より手前（てめえ）のことが嫌なのさ。あいつに泣きつかれたときは、『俺とお前の仲だ、返すのはいつだっていいさ』なんて気前よく貸してやったってのに、今じゃ、そんなのすっかり忘れて恨みがましいことばかり考えている手前のちっちゃさよ」

「半助さんのほうから、返すのはいつだっていい、と六兵衛さんに言ったんですか？　それでしたら、そんなに悩まなくても……」

　てっきり、六兵衛が金を返すはずの期日を守ってくれない、という話だとばかり思っていた。

だが期日自体が決まっていない、それもそう持ち掛けたのが貸した半助のほうだというなら、六兵衛は別に何も悪いことをしていないように思える。

「そうさ、そうだよ。あんたの言うとおりさ。俺が情けねえんだ。けどね、明日の店賃もねえなんて泣きついて人から金を借りておいたくせに、それを返す前に、女と連れ立って浅草寺の奥山をぶらついていやがるのを見たらさ。さらに、ご機嫌な様子で猿回しに投げ銭なんてしていやがるのを見たら。あんただってむかっ腹が立つとは思わねえかい？」

「猿回しへの投げ銭、ですか？　それでしたら、まあ、ほんの僅かなお金だとは思いますが……」

言いながら、糸の胸にも灰色の靄が広がっていく。

俺とお前の仲だ。今すぐに耳を揃えて返せなんて言うつもりはない。一銭でも実入りがあったらその途端にまずはこちらに寄越せなんて、それではまるで悪どい金貸しじゃねえか。俺はそんな奴じゃない。お前の大事な友達だ。

だが、何かが割り切れない。六兵衛が楽しそうにしている姿が腹に落ちない。

そんな半助のやり場のない憤りが伝わってくるような気がした。

「その日がきっかけさ。そこから六兵衛がやることなすこと、すべてが気に喰わねえ。酒の席じゃ、あいつの飲みっぷりばかり気になっちまう。おいおいお前、どの口で『もう一杯だけ呑んじまおうかね』なんて言いやがった、ってな。しまいにゃ、あいつが昼に旨そうに握り飯を頬張っているだけで、そんなでっかい握り飯を喰えるたぁいいご身分だな、なんて毒口が胸に渦巻いている始末よ」

「そんなの、もうお友達じゃありませんね」

糸が眉を下げると、半助も肩を落とした。

「そうさ、貸した金と一緒に、六兵衛の野郎とは縁切りだ。あいつの顔なんて金輪際見たかねえ。これでようやくすっきりするさ」

半助は糸の書いた縁切り状に赤く濁った目を向けて、「いやあ、綺麗な字だな。見事、見事」と心ここにあらずのお世辞を言った。

3

「おイネさん、たいへんだよ。うちの豆餅の足が変なんだ」

藤吉の情けない声が朝の路地に響いた。

「どれどれ、見せてみな。なんだい、普通に動いているじゃないか。変、っていったいどこの話だい？」

「骨も、筋も平気さ。けどね、ほらここ。毛が禿げちまっているんだよ。わかるかい？」

昨晩半助と一緒にくっついてきた砂粒を掃き出しがてら、糸は箒を手に戸口を開けた。

「おはよう、藤吉兄さん。豆餅がどうかしたの？」

左隣のイネの部屋の前で、錆猫の豆餅を大事に胸に抱いた藤吉が心配そうな顔をしていた。

藤吉は、糸が幼い頃に預けられていた霊山寺で一緒に育った兄貴分だ。久しぶりの再会を経て糸と奈々の力を借りて若い女房との縁切りを済ませたのをきっかけに、この長屋に引っ越してきたのだ。

藤吉のところに来たばかりの頃は犬か狸か猫かわからないくらい小さかった豆餅だが、今ではずいぶん手足が伸びて、華奢ながら一人前の猫の大きさになっている。

「おう、お糸、おはよう。見ておくれよ。この豆餅の踵のところ。両足とも禿げができちまっているんだ」

藤吉は豆餅の毛に頬を寄せて、今にも泣き出しそうだ。

「踵……。猫の踵っていったいどこかしら？　豆餅、ちょっとごめんね」

藤吉に指し示されるままに豆餅の後ろ脚を点検する。

「えっと、どこかしら……」

「おうっと、ほんとうだ。いったいどうしたんだろうね」

イネが豆餅の後ろ脚、空豆くらいの大きさの禿げにすぐに気付いて首を捻った。イネは猫のこととなると急に真面目になる。

「触っても痛がらないってことは、怪我じゃなさそうだね。けれど確かにこれは気になるねえ。藤吉、あんたよく見つけたよ。新米の猫飼いとしちゃあ、筋は悪くないね」

「そうだろう？　豆餅に何かあったら、と思うと心配で、心配で……。俺の豆餅に対するこの深い想いをわかってくれるのは、独り身仲間のおイネさんだけさ」

「あんたみたいな薄っぺらいやもめ男と一緒にしないでおくれよ。同じ独り身でも、こっちは、あんたなんかよりもずうっと重苦しい事情を抱えているんだよ」

憎まれ口を叩きながら、イネは藤吉と一緒になって「おう、よしよし」と豆餅の頭を幾度も撫でている。

冗談の口調ではあったが、イネは、ただ一人の身内である息子の銀太から縁切りを言い渡された母親だ。

銀太は小石川で働く腕の良い医者だ。医者という仕事のせいもあるのか、物事を冷めた頭で見通す術が身に付いた男だ。ひと時の激情に任せて、軽々しく実の母親に縁切りを言い渡したわけではない。

成り行き上、その縁切り状を書くことになってしまった糸からすると、イネと銀太はずっとこのままであってはいけないと思う。銀太にやるせない思いがあるとはわかっていても、いつか二人が通じ合ってくれると信じたい。

だがそんなときに限って、縁切りを言い渡されたイネの心残りを表す〝生霊〟の姿はさっぱり糸の前に現れてくれないのだ。

このまま縁切りがさっぱり終わったほうが平和であろう場面は、もっといくらでもあるのに。

「ああっ、すまねえ。いきなりお糸さんと顔を合わせちまうたあ、失敗したなあ。早く来すぎちまったよ。俺のほうから昼頃に迎えに行くって言ったくせに、まだまだお天道(てんと)さまがあんなに高いや」

焼け焦げた桜の木の下で、熊蔵が頭を搔(か)いた。

「居ても立ってもいられなくなっちまった、ってことだな。いいねえ。あんたの気持ち、よくわかるぜ。今朝、豆餅の禿げを見つけた俺とそっくりさ」

藤吉が豆餅を抱き直して訳知り顔で笑った。

「うるせえなあ、猫野郎は黙っときな」

熊蔵が口元を尖(とが)らせた。

「私のほうは、別に早くても少しも構いませんよ」

今日は、熊蔵と約束して本所弥勒寺(みろくじ)へお参りに行く日だ。

奈々も一緒に行こうと声を掛けたが、「奈々はそんな野暮なことはいたしません。それにここのところ、いろいろと忙しいのです。どうぞお二人水入らずで。代わりに境内の出店で、お団子をたくさんお願いいたしますよ」と澄ました顔で言われてしまった。

熊蔵を待たせては申し訳ないと、手に持った箒だけを土間に置いて、足早に駆け寄った。

「熊蔵さん、お待たせしました。さあ、行きましょう！」

「ちょいとお待ちよ。お糸、若い娘がせっかく遊びに出かけるってんだから、ちょっとはお洒落して、紅でも差したらどうだい？」

イネが噛みついた。

「えっ？」

イネの言うことの意味がさっぱりわからずに呆気に取られたが、ふいに、そうか、と腑に落ちる。

色鮮やかな紅や、華やかな簪。自分にはまったく関係がないと思っていた可愛らしく素敵なものたち。あれは今日のような日に使うものだったのか。

「いやいや、おイネさん、いいんだ、いいんだよ。まったく、余計なことを言わないでおくれよ。お糸さんは紅なんて差さなくったって、べ、べ、別嬪さっ」

顔を真っ赤にして口籠る熊蔵に、藤吉とイネがしたり顔で目配せし合った。

「まあ、嬉しいことを言っていただきありがとうございます。そんなふうに言ってくださるのは熊蔵さんだけですよ」

糸は柔らかに微笑んだ。

熊蔵のまっすぐな心が嬉しかった。

一緒にいると、少しでも楽しい時を過ごしたいと思う。こんな良い人に、悲しい思いや苦しい思いなんて決してさせてはいけないと思う。

縁切り屋稼業では、人の割り切れない恋心、胸を搔き毟(むし)るような苦悩も目にしてきた。

だが恋というのは、ほんとうならばこんなふうに安らかなものなのかもしれない。ならばそんな相手に出会うことができた私は、とても恵まれているのだ。

「熊蔵さん、気が付きましたか？　ここの桜の木、枝の先にひとつだけお花が咲いているんですよ」

「へえっ！　そうかい！　こんなに真っ黒に焼け焦げてるってのに、ずいぶん頼もしい木だな。こっちまで力を貰(もら)えるなあ。いいものを見せてもらったよ」

「そう、そうなんです。私、この桜の木を見ていると、とても嬉しくなるんです」

木戸のところで振り返ると、イネと藤吉が揃って澄ました顔をして、宿屋の見送りの女将(おかみ)よろしく慇懃(いんぎん)に手を振った。

4

深川(ふかがわ)の六間堀と五間堀を繋(つな)ぐ弥勒寺橋を渡ると、道に茣蓙を敷いた物売りがたくさん並んでいた。

「おいっ、お糸さん。ちゃんとくっついてきているかい？　参道ってのは、どいつもこいつも、よそ見してふらふら歩いているもんだからな。人にぶつかられないように、俺のすぐ後ろを歩きなよ」

熊蔵が幼子を連れているように、幾度も振り返った。

「ありがとうございます。では、お言葉に甘えて」

熊蔵の大きな背中の陰に隠れるようにしたら、なるほど道を歩くのが驚くほど楽になった。真正面からぽーんと突き飛ばされることもなければ、すれ違いざまに肘が当たってしまい舌打ちをされることもない。むしろ皆が、向こうからすいすい避けてくれるのだ。

ひとりで道を歩き回っているときに、さほど不便を感じたことはなかったはずだ。だが、男連れというのはそれだけでこんなに安心できるものなのだと気付くと、不思議な気持ちになった。

弥勒寺の本堂は辛うじて焼け残ったものの、参道の店はすべて消え失せてしまっていた。岩助がとんでもない手際の良さで作事を仕上げたという水茶屋だけが、まだ木材の水気も飛んでいないような真新しい姿でそこにあった。

そのまっさらな水茶屋がひとつあるおかげで、店を失った人々の心持ちに光が差しているのがわかる。

ここの皆は、その日をどうにか食い繋ごうとしているだけではない。もう一度立ち上がるために、懸命に前に進んでいる最中なのだ。

「まあ、花之丞さんの錦絵……かしら？」

露店の前で足を止めた。松葉花之丞とは、かつて糸が付き人との縁切りを手伝った歌舞伎役者の名だ。

掌に収まるほどの小さな紙に、花之丞が芝居で着た着物の柄が描かれている。

花之丞サマ命。

そんな字が太字で大きく書かれているが、肝心の花之丞の顔は一切描かれていない。よく見ると同じ調子で、人気の役者の着物の柄と「〇〇サマ命」という文言だけが書かれた札がずらりと並んでいる。

「若い娘が喜んで買うのさ。うまいこと考えたもんだな。顔を描かなけりゃ手間もかからねえし、役者の顔で勝手に商売をするな、って文句を言われることもねえからな」

熊蔵が苦笑いを浮かべた。

「これ、おいくらですか？」

花之丞の絵を手に店番の女に訊くと、錦絵を買い求めるよりもずっと安い。

「へえっ、お糸さんは花之丞が好きだったのかい？　知らなかったよ」

熊蔵が急に自信のなさそうな顔をする。

「お奈々へのお土産です。あの子、こういう珍しいものを喜びそうだから」

「な、なんだ。お奈々か。俺は、てっきり、お糸さんの好みってのはあんな感じかって……」

熊蔵が顔を真っ赤にして頭を掻いた。

と、横から男女の二人連れが覗き込んできた。

「ほうら、このお二人をご覧よ。男の人のほうだってちっとも気にしないで、仲良く買い物をしているじゃないか。歌舞伎役者、それも女形（おやま）に焼餅を焼くなんて、あんたくらいさ」

付き合いが長く気安い間柄と一目でわかる二人だ。

「うるせえなあ、人は人さ。俺は、○○サマ命、なんて他の男のことを言われるのはいくら役者でも気に喰わねえのさ。どうしても欲しいってんなら己で買いな」

苦笑いの男のほうは、春先なのによく日に焼けている。いかにもお喋（しゃべ）りらしい女を相手に気安く言い返しているので、職人ではなく客相手の商売人だろう。

「何さ、けちん坊。いいよ。あたいは己の金で、好きなもんを好きなだけ買うんだ。あんたはそこで黙って見ておいで。さあ、どれを買おうかねえ。あっ、これは花之丞が初めて敵役（かたきやく）を演じたときの柄じゃないか。お姉さん、見立てが渋いねえ」

　女がしゃがみ込んで絵を選び始める。

「あんた、器のでかい男だね。立派なもんさ。俺は、こういうのはどうにも気に喰わねえや」

　男が熊蔵に肩をぶつけて、わざとしかめっ面をして見せた。

「そ、そうかい？　俺は、別に何とも思っちゃいねえけれどなあ」

　今さら奈々へのお土産とも言えず、熊蔵は嘯いて目を白黒させている。

「あんたは、俺の同郷の仲間にそっくりだな。そいつもいつだって、どんっと構えた男気のある奴だよ」

「お、男気かい？　へえっ……」

　熊蔵が、糸へ返す釣り銭を長々と数えている店の女に、早くしてくれと懇願するような目を向けた。

　糸は思わずくすっと笑った。

「俺は笊屋の六兵衛だ。あんたたちの家で笊を新調するなら、声を掛けておくれよ。値引きしてやるわけにはいかねえが、うんとおまけを付けるぜ」

　笊屋の六兵衛――。

　昨夜、半助が縁切り状を書いたまさにその相手だ。

　息を吞む。

「笊？　笊かあ。そういう色気のねえものを買うのは、ちょっと俺たちにはまだ早すぎるかもしれねえなあ。でもせっかくのご縁だから、もし万が一この先必要になることがあったら、ぜひあんたのとこで……。な、なあ、お糸さん？」

熊蔵が照れながら糸の顔をちらりと見て、「へっ？」と強張った表情に変わった。

「ひいふうみいよ、はい、いつつ。お姉さん、五つおくれ」

しゃがみ込んでいた女が五枚の絵を選び取って、店の女に差し出した。

「おうっと、ちょっと待て。ほらよ」

六兵衛がしかめっ面のまま、懐から巾着袋を取り出して連れの女に向かって放った。

「きゃあ、さすがあんただね！　惚れ直したよ！」

女が飛び上がって喜ぶ。

「うるせえや。出店で女に金を出させるなんてみっともねえこたあ、できねえさ。女連れのときってのは、手前が気に喰わねえものだろうが友達への土産物だろうが、気前よく男が出してやるもんなんだろう？　な？」

六兵衛は熊蔵に目配せをすると、得意げに両腕を前で組んだ。

「はい、遅くなったね。お釣りだよ。ほらっ、お兄さん。ちゃんと手を出しな。いらないのかい？」

店の女がすべてわかった顔をして、糸の払った銭のお釣りを熊蔵に手渡そうとした。

「姐さん、ありがとよ。必ずまた買うぜ」

熊蔵は何とも情けない顔をして銭を受け取ると、またちらりと糸の顔を窺った。

5

熊蔵と弥勒寺でお参りをして、ゆっくり喋りながらそぞろ歩きをして。長屋まで送ってもらって帰ると、ちょうど奈々のおやつの頃に間に合った。

「なんとまあ、よく考えたものですね。花のお江戸の商売人というのは、こうでなくっちゃいけません」

奈々が団子を頬張りながら、うんうんと大きく頷いた。

糸のお土産の〝花之丞サマ命〟と書かれた絵を手に取って、絵柄の細かさや紙の質やらを真面目な顔で検分している。

「どれどれ、なるほど。ここまでは版を摺って柄を写しているのですね。人手が要るのは、文字と色付けだけです。こんなものでしたら奈々でも楽に作れますねえ」

奈々は今度は紙の端っこのほうを少しだけ揉んで、丈夫さを確かめている。

「気に入ってもらえてよかったわ」

思った通り、奈々の新しい商売の良い参考になったようだ。

「ええ、お糸ちゃん、ありがとうございます。大いに気に入りました。素晴らしいお土産です」

奈々は賢そうな目を輝かせて答えた。

「こういう心の籠ったお土産物はとても嬉しいものです。熊蔵さんと出かけていても、お糸ちゃんは奈々のことをきちんと忘れずに気に掛けてくれているとわかります」

「何を言っているの、そんなの当たり前よ」

急に胸に迫ることを言う。

糸は奈々の頭をそっと撫でた。

「当たり前ではありませんよ。人はひとたび恋に浮(うわ)ついてしまうと、その相手のこと以外見えなくなってしまうものです。惚れた相手といるときはお土産物のことなんて一切忘れて、帰り道で慌ててそこいらにあるつまらないものを買うという決まりなのです。だから、花街の帰り道、ちょっと暗くなったあたりにある土産物屋は、少々割高で品揃えが悪くともよく売れます」

「おイネさんが言ったのね」

もうっ、と小さく笑った。

「おイネ婆さまはさすが物知りです。奈々の商売について、素晴らしい知恵をたくさん授けてくださいます」

奈々が澄ました顔で答えた。

「最近のお奈々は、どうしてそんなに商売に熱心に打ち込んでいるの？」

　以前はからかうような訊き方をしてしまったが、今度は言葉を選んだ。奈々の真剣な様子にほんとうに感心していた。

「熱心に打ち込んでいる、ですって？　そう見えますかねえ。ですが、それは内緒です」

　訊き方が良かったのか、奈々はにんまりと嬉しそうに笑う。

「何か欲しいものがあるの？」

「いいえ、いいえ。欲しいものは、奈々はすべて己の手で作ります」

　大きく首を横に振る。

「じゃあ、おとっつぁんへの贈り物かしら」

「おとっつぁんに養ってもらっている奈々が贈り物なぞ買っても、おとっつぁんがおとっつぁんに贈り物をしているのと変わりません」

「まあ、そんなわけはないと思うけれど……」

　奈々の本気か冗談かわからない言い草に、くすっと笑った。

「奈々は、お糸ちゃんに置いていかれたくないのですよ」

　奈々がまっすぐに糸を見つめた。

「私に置いていかれる、って。どういうこと？」

胸の奥を氷水が一筋通るような気がした。

「お糸ちゃんが熊蔵さんと所帯を持つことになったら、きっとこの長屋を出て行ってしまいます。ここでひとり残されてお糸ちゃんを見送るのなんて、奈々は寂しくてたまりません。ならば、お糸ちゃんが出て行ってしまう前に、奈々がお糸ちゃんを置いていってしまえばいいのです」

奈々が串をあっちへこっちへ動かしながら、一番下の団子を齧った。

「たくさんたくさんお金を貯めて、お引っ越しをするのです。『おとっつぁん、この長屋は手狭になりましたねえ。もっと素敵な広い家に引っ越しましょうか。お金ならここにたんまりありますよ』なんてね」

「そんな……」

奈々の想いが胸に迫り、思わず小さな背を抱き締めた。

「お糸ちゃんが気にすることはありませんよ。奈々はせっかく、己の力で己の寂しさを減らす方法を思いついたところなのですから」

糸の着物に顔を埋めもごもご言いながら大人びた口を利く奈々の頭に、頬を寄せた。

誰もがずっとこのままではいられない。

お江戸は大火から立ち直り、若者は新たな家族を持ち、子供は育ち、年寄りは老いる。

悲しいことなんてひとつもないはずなのに。人は皆、ただ生きているだけで、大事な人との別れに近づいているのだ。

「ですから、お糸ちゃんも、どうぞ奈々の商売繁盛を応援してくださいな。奈々はたくさんお金を稼いで、何でもできるようになりたいのです」

思わず滲んでしまった涙を、奈々から身を離す前に慌てて拭った。

「そろそろ熊蔵さんがお糸ちゃんに胸の内を打ち明けて、『俺と所帯を持ってくれ！』なんて言い出す頃です」

「まあ、そんなこと、まだまだ心配しなくても平気よ。当分はそんな隙を見せたりなんてしないわ」

己の口から飛び出した悪い冗談に驚いた。

しんみりした雰囲気を解そうと思って出た言葉だ。だが、これではまるで熊蔵が面倒な相手のようではないか。

奈々が糸の顔を不思議そうに見た。しばらく見つめてから、納得が行かない顔をしたまま、ひとまずこくんと頷く。

「そうでしたか。では、これからもっともっと、隙なく過ごしてくださいね」

いくら大人びた言葉を使っていても、奈々自身に、惚れた腫れたの恋ごろもの経験があるはずがない。

なんだかよくわからないが、大人というのはそういうものなのだろう、と奈々が己の胸に言い聞かせている声が聞こえてくるような気がした。

6

そうだ、もしもほんとうに熊蔵と所帯を持つことになったら、この長屋で一緒に暮らしてはどうかと持ち掛けてみよう。

心優しい熊蔵のことだ。奈々が寂しがっていると聞けば、快くこの部屋へ移ってくれるに違いない。この部屋が二人では狭すぎるなら、家族で暮らすためのもう少し広い部屋が空くまで、熊蔵は藤吉の隣の小さな空き部屋で暮らしてもらってもいい。

熊蔵がここへやってきたら、きっと今までよりももっと賑（にぎ）やかで楽しい生活になるはずだ。

そうすれば私は、可愛い奈々に悲しい思いをさせることもなく、居心地のよいご近所さんとの生活も失わなくて済む。

そうだ、そうだ、そうしよう。なんて良い考えだろう。

夢うつつのまま、ふと目が覚めた。

いかにも楽し気な閃きに、口元が綻んでいた。

暗闇をぼんやり見つめた。

左隣の部屋からイネの高鼾（たかいびき）が聞こえてくる。

終わりかけの線香の火が灰の中に埋もれてしまうように、糸の顔から少しずつ笑顔が消えていく。

夢の中で思いついたときには、これですべてうまく行く、という素晴らしい閃きだったはずなのに。

目が覚めて少しずつ回り始めた頭で思い返してみると、私はなんて勝手なことを考えたのだろうと情けなくなる。

熊蔵は糸のことをまっすぐに好いてくれている。糸の喜ぶことをしよう、糸の望みを叶えようと奮闘してくれる。

だからといって、熊蔵の人生、これまでの生活が、糸のそれよりも軽いものであるはずがない。

私は何一つ失いたくない、そちらが私に合わせてくれれば良いだろう。そんな態度で所帯を持って、うまく行くはずがない。

覚えずのうちに、熊蔵は私の望みならば必ず聞いてくれるはず、という傲慢な心が芽生えていたように思えて、糸は大きなため息をついた。

「熊蔵さん……」

額に掌を当てる。

熊蔵の真っ赤な顔が胸を過る。糸が疲れていないか、退屈していないか、熊蔵に幻滅してしまってはいないかと、いつも心配そうにしている熊蔵の顔。

「あら?」

障子の隙間から差し込んだ月明かりに照らされて、何か丸いものが落ちていた。

「お金だわ。それも、丁銀(ちょうぎん)!」

丁銀といえば、腕の良い大工が十日も働かなければ手に入らない額だ。そんな大金を、昼間にここでおやつを食べていた奈々が懐に隠し持っていたのだろうか。いや、そんなはずはない。

鈍い光を放つ丁銀になんだか気味が悪くなって、思わず身を縮めた。

怖々と周囲を見回す。誰かに見られているような、あの気配を感じたのだ。

「これ、もしかして、昼間の六兵衛さんの……」

弥勒寺の参道で会った六兵衛は女連れで、気前よく銭を払って楽し気な様子だった。

あれから家に戻った六兵衛は、きっと糸が書いた半助からの縁切り状が届いているのを目にすることになったに違いない。

あんな呑気(のんき)な姿だった六兵衛の心が千々に乱れた光景を想像すると、申し訳なさに胸が痛んだ。

「でも、丁銀なんて。六兵衛さん、こんなにたくさんのお金を借りっぱなしにしていたんですか。それなら、半助さんが怒るのも無理はありません」

糸は掌の上の丁銀に向かって言い聞かせるように囁いた。

ふいに戸口の外で、がたんと何かがぶつかる音がした。丁銀が慌てて身を隠すようにふっと消え去る。

いてっ、という低い男の声。続いて、慌てて走り去る足音。

こんな真夜中に路地をうろついているなんて、いったい何者だろう。

息を殺して恐る恐る戸口の隙間に顔を近づけて、外を覗いてみた。

人の姿はどこにもない。けれど確実に今さっき、男がここにいたはずだ。

どこで見当違いの恨みを買ってもおかしくない縁切り屋商売だ。万が一、付け火でもされてはたいへんなことになる、と、勇気を出して戸を開けた。

と、何かが落ちる。

「えっ？」

折り畳んだ文が戸の隙間に挟んであった。

怪訝な気持ちで開いてみると、中から先ほどのものと同じ丁銀が出てきた。

『縁切り屋さんへ　この丁銀を半助に渡してくんな。六兵衛より』

爪の先で丁銀をかちかちと叩いてみる。それから己の頬をぴしゃんと叩く。ちゃんと痛い。

間違いなく目の前にあるのは本物の手紙と、本物の丁銀だ。

六兵衛が半助に借りた丁銀を、糸を介して届けにやってきたのだ。きちんと耳を揃えて返す、なんていうならば、直接半助に会って礼を言うべきにも思える。だが、一度は拗れてしまった縁だ。何らかの決まり悪い心持ちもあって、糸に頼まざるを得ないのだろう。

気が重い仕事には違いないが、このお金をこのまま糸が手元に置いておくわけにもいかない。夜が明けたらすぐに半助のところへ届けにいかなくては。

糸は重苦しいため息をついた。

7

糸が差し出した丁銀を目にした半助は、温厚そうな丸い顔を怒りに歪めた。

「なんだそりゃ！　六兵衛の野郎、人のことを馬鹿にしやがって！」

いかにも忌々し気に吐き捨てたかと思うと、売り物の笊の山を勢いよく地べたに叩きつけた。己の息を整えようと苦心するように肩を揺らして黙り込む。

「まあまあ、落ち着かれてくださいな。まだお仕事中のところ、急にすみませんでした」

日が傾き始めて、ちょうど棒手振りたちの仕事が終わる頃だ。

頃合いを見て佐久間町に行ってみたら、ちょうど山のような量の売り物の笊を抱えた半助が、笊問屋に帰るところに居合わせたのだ。

片付けを終えるまで待っていようかと思ったが、半助のほうが先に糸に気付いて挨拶をしてくれたので、お金だけでも早く渡してしまおうと声を掛けてしまったのが失敗だった。

「半助さんが六兵衛さんに貸したお金の額は、これでは足りないんですか？」

糸はなんだか己が申し訳ない気分になり、半助の足元に散らばった笊を集めて天秤棒に通す。

半助は、「あ、ありがとうよ、ちょっくら頭に血が上っちまった」と作り笑いを浮かべて、慌てて己も笊を拾い集める。

だが俯（うつむ）いたその顔は怒りで唇が白くなっていた。暑くもないのに額にびっしょり滲んだ汗を、幾度も拳で拭う。

それにしても、ただの友人同士でとんでもない大金の貸し借りがあったものだ。

半助が大事に貯めていた金を一度に借りたのか、はたまた少しずつ積み重なってそんな額になってしまったのか。そんなに大きな額が動く話になってしまったら、仲が拗れて当然だ。

「その丁銀は、受け取れねえ。あいつに突き返してやってくんな」

己がぶちまけた笊を黙々と片付け終えてから、半助は気を取り直した顔できっぱりと断った。

「お糸さん、あの縁切り状の文面を覚えているだろう？　貸した金はくれてやる、ってな。一銭たりとも金は受け取れねえさ」

半助はそんなもの早くしまってくれ、という顔で首を横に振った。

「でも、もしかしたら、六兵衛さんが今、用意することができたお金のすべてがこの丁銀なのかもしれませんよ。残りのお金はまた後から私のところに届けに来ようと思っているのかもしれません。今は全額には足りなくても、六兵衛さんの申し訳ないと思っている気持ちを汲んで受け取って差し上げたほうが良いかと……」

「申し訳ないだって？　あいつは、一切そんなこと思っちゃいねえさ！　俺のことをどこまでも軽く見ていやがるんだ！」

半助が集めたばかりの笊の山に手を伸ばしかけて、うっと堪えた顔をした。

「そんなことありませんよ。きっと六兵衛さんのほうも、夜も眠れないくらい気に病んでいらっしゃいますよ」

糸の胸に、真夜中の部屋に現れた丁銀が浮かぶ。

幻のように消えてしまったあの丁銀は、六兵衛の心に残った〝生霊〟だ。

縁切り状を送りつけられて、腹を立てて悔しくて恥ずかしくて寂しくて悲しくて。そんな気持ちが入り乱れて安らかに眠ることができなくなってしまった六兵衛が、糸のところへ飛ばした〝生霊〟だ。

六兵衛は、このくらい返して誤魔化しておけば十分だろう、なんて軽い気持ちでわざわざ糸のところへ丁銀を届けに来たわけではない。

「いいや、これは間違いなく俺への嫌がらせさ。お糸さん、聞いておくれよ。俺があいつに貸した金は、たったの二百文さっ！」

「えっ？　二百文ですって？」

このご時世、蕎麦(そば)一杯の値段が十文もしないくらいだ。二百文なんて丁銀の十分の一にも満たない額だ。

「つまり、六兵衛さんは借りたお金の十倍以上のお金を、半助さんに返そうっていうんですか？　もちろん利息の約束、というわけではないんですよね？」

いくら悪どい金貸しでも、さすがに二百文が丁銀にはならないだろう。

「利息の話なんてするわけねえさっ！　俺とあいつの仲だぜ」

「では、どうして六兵衛さんは……」

「だから、あいつは俺のことをちっちぇえ男だって言っていやがるのさ！　たった二百文ごときで、縁切りだ何だってうるせえ奴だ。そんなに金が欲しいってんならくれてやるから、有難くいただきな。お前とはこっちから縁切りだ、ってな。あいつはこの丁銀を押し付けることでそう言っていやがるのさ。ああ腹が立つ。もう我慢ならねえやっ！」

半助は茹蛸のように紅い顔をして笊の山に飛び込むと、再び地べたに笊をざあっとぶちまけた。

8

半助の笊の片付けをきちんと最後まで手伝ってから長屋に戻ると、部屋の前に見覚えのある顔があった。

弥勒寺の出店で女と一緒に歩いていた男――六兵衛だ。

六兵衛は糸の姿を見つけると素早く隠れるかどうするか悩んだように目を巡らせてから、腹を括ったように会釈をした。

「縁切り屋さんってのは、あんただったんだな。昨夜はあんな遅くに悪かったよ。きっと起こしちまったね。どうしても眠れなくて、居ても立ってもいられなくてさ」

女連れのときの気風の良い様子が嘘のように、ずいぶんと決まり悪そうにしている。

「半助の野郎、ちゃんとあの金を受け取ったかい？　それだけが気になってね」

六兵衛は指先を擦り合わせたり肩を揺らしたりしながら、何とも落ち着かない様子だ。

「半助さんは、『その丁銀は、受け取れねえ。あいつに突き返してやってくんな』と仰っていました。私の手元にありますので、お返ししますね」

事実だけを淡々と言おう。

糸は懐から丁銀を取り出した。

「いや、それは困る。その丁銀だけは、何が何でもあいつに受け取ってもらわなくちゃいけねえさ！　頼む、頼むよ！」

六兵衛が目を剝(む)いた。

「そう言われましても……」

こうなることは何となく想像できていたが。

「この丁銀は、おっかさんの形見の櫛(くし)を質に入れて作ったもんさ。あいつの生活の足しにして欲しいんだ。俺は、あいつが金に困っていたってことにちっとも気付かなかったんだ。悪いことをしたさ」

六兵衛は眉を下げる。本気で心配している顔だ。

「半助さんがお金に困っていた……ですか？」

半助は糸にはひと言もそんなことは口にしていなかったはずだ。

「ああ、そうさ。たった二百文くらいのことで縁切り状なんて大それたものを書くなんて、相当金に困っている証拠だろう？」

「ちょ、ちょっと待ってください。違うんです」

言ってしまってから、余計なことに首を突っ込んではいけない、と慌てて口を噤(つぐ)む。

「何が違うんだい？　俺と半助の仲さ。よほどのことがなくっちゃ、たった二百文ごときのことで、あの半助が縁切り状がどうこうなんて言い出すはずがないんだ。さ、さ、頼むよ。この丁銀をもう一度半助に渡してきておくれ」

「そ、そんな。無理です」

「何が無理なことがあるんだい？　きっとあいつは、さすがに一度目は断らなくちゃいけねえと思っただけさ。二度目に行けば、仕方ねえなあって言いながらも受け取ってくれるはず……」

「奈々にお任せください！」

右隣の部屋の戸が勢いよく開いて、目を輝かせた奈々が飛び出してきた。

「この丁銀を、半助さんという人に渡せばよいのですね。はいはい、お安い御用でございます。奈々がひとっ走り行って参ります。半助さんがどんなお顔をしていたかも逐一お知らせいたしますので、無事に済ませた暁には、お小遣いを少々弾んでいただけましたらと……」

「お奈々、いけません。これは大人のお話よ」

いくら頼りになる助手代わりとはいえ、年端もいかない子供を金の話に巻き込むわけにはいかない。

「そ、そうさ。さすがにお嬢ちゃんに頼むってわけにはいかねえさ」

六兵衛も急に熱が冷めた顔をした。

「ただ、その丁銀を届けてくれれば良いだけですよね？　奈々はこれまで幾度も、長屋のお内儀さんたちに頼まれて、いろんな家にお届け物のお遣いに行っていますよ」

奈々が首を傾げた。

「いやあ、それとこれとは違うのさ」

まさか、こんな子供が割り込んで来るとは思わなかった。

六兵衛は早く話を切り上げたいのがありありとわかるそんな様子で、肩を竦めた。

「それ、というのはお届け物のことですよね？　これ、というのはお金のことですか？お金は他の何とも違うものだということでしょうか。不思議なお話ですね。お糸ちゃんはわかりますか？　奈々には何のことやらさっぱりです」

そのとき、路地の入口で「やっぱり、ここに来ていやがったんだな！」という声が聞こえた。

桜の木の下に、仁王立ちになった半助の姿があった。

顔は怒りで強張っていた。

「ええっと、そのお声は……。お金を貸した相手がそのことを忘れて、女の人と仲良く遊んだり、握り飯をおいしく食べたりしているのが気になって仕方がない、と仰っていた半助さんですね？」

奈々が、壁に耳を当てる真似をした。

「ああ、そうさ。貸すときは気前が良かったくせに、たった二百文で、縁切り状なんて物騒なものを送り付けてくる、ちっちゃな男の半助よ」

半助は仏頂面でこちらへ向かってくる。

「俺が金を借りたことを忘れていた、なんて言ったのか？　嫌な言い方をしやがるな」

六兵衛が眉間に皺を寄せた。

「俺は二百文くらい、いつだって返せたさ。ただ、返す機会を失っていただけさ。お前だって返すのはいつでもいい、って言っていやがっただろう？　もしもたったひと言、そろそろあの金を返してくれ、って言ってくれたなら、三日もありゃ、耳を揃えて返してやったさ」

「それを言えねえから、俺は悩んでいたんだ！」

半助が大きな声を出した。

六兵衛は気圧されたように、うっと黙り込む。

「……そうだ、半助。お前、あれから金に困るような出来事があったんだよな？　ちっとも気付かなくて悪かったさ」

気を取り直したように親し気に言った六兵衛の言葉に、半助が目を見開いた。

「いったい何の話だ？　俺には何も起きちゃいねえぞ」

「えっ？」

六兵衛が呆気に取られた顔をした。

「じゃ、じゃあ、どうして急に縁切り状を送ってくるようなことを……」

六兵衛の顔が真っ青になる。唇が震え出す。

「こんなのおかしいだろう？　俺たちは友達だったんじゃないのか？　たった二百文借りただけで、返すのはいつでもいいなんて言っておいて、急にお前とは縁切りだなんて、そんな、そんな……」

六兵衛が首を横に振る。

「急に、って。そこがお前のぼんやりしたところさ」

半助が鼻で小さくため息をついた。

「俺はお前に二百文貸してやったそのときから、もう友達じゃなかったのさ。ずっと、ずうっと、こいつは俺の金をいつ返すつもりなんだろう、って、お前って男のことを品定めするような目で見ちまっていたのさ」

「そ、そんな底意地の悪いことってあるかい」

六兵衛が悲痛な声を上げた。

「次に会ったときにすぐその場で返してくれたなら、すっと忘れちまったような出来事さ。顔を合わせるたびに、今、金を作っているから晦日(みそか)まで待ってくれよ、って毎度知らせてくれたなら、そんなもん気にするな、いつでもいいんだぜ、なんて気楽に答えたはずさ」

「そんな面倒くせえ話なんて……」

言いかけて六兵衛ははっとした顔をした。

「そう、お前にとっちゃ、二百文なんて大したことじゃねえんだ。そんな面倒くせえことは割に合わねえ話さ。けれど、俺にとってはこの二百文は、丁銀と少しも変わらないくらい大きなものだったのさ」

半助が寂しそうに笑った。

六兵衛が顔を伏せた。

二人ともしばらく黙り込む。

「……半助、金に困っていたわけじゃねえんだな。ほっとしたさ。俺はてっきり、お前が金のことで悩んじまっているんだとばっかり思っていた。けれどお前は俺とは違ってしっかり者だったよな。お前にそんなこたあ、あるはずねえんだ」

六兵衛が困ったような笑顔を向けた。

「まさか俺がいい加減なことをやっているせいで、お前をそんな気持ちにさせていたなんて。ほんとうにちっとも気付かなかったさ」

「い、いや、違うんだ。返すのはいつでもいい、って言ったのは俺だから、結局悪いのは俺のほうさ」

　半助が首を横に振った。

「いや、違う。悪いのは俺だ。お前の親切に乗じて、いつまでも金を借りっぱなしにしていたんだ。ほんとうに済まなかった」

　六兵衛が深々と頭を下げた。

「お前にはもう顔向けできねえ。今まで楽しかったさ。お前が縁切りを望むなら、それに従うまでだ。けど、一つだけ最後に俺の望みを聞いてくれるかい？」

「ああ、もちろんさ」

　半助が奥歯を噛み締める顔をして頷いた。

「お前に借りていた二百文、今ここできっちり耳を揃えて返させてくれ」

「一銭たりとも多くも少なくもなく、きっちり二百文だな？」

　半助が訊き返すと、六兵衛は大きく頷いた。

「わかった。今すぐに返せ。それはまた後から、なんて言いやがったら、俺はぶっ倒れるぜ」

　半助が苦笑いを浮かべてぐいっと掌を差し出した。

「わかっているさ。ひいふうみいよ、さあ、二百文だ」

　六兵衛が二百文の銭が載った掌をじっと見つめた。

「半助、金を貸してくれてありがとうな。あのとき俺は、店賃がちょうど二百文足りなくて困っていたんだ。あの日のうちに払えなかったら、部屋を追い出されちまうところだったんだ。お前が貸してくれて、ほんとうに助かった」

「なんだ、改まって言われるとどんな顔をしていいやら、だな。お前が困っているときに、力になれて良かったさ」

半助が照れ臭そうに目を逸らした。

「ほんとうにありがとう。済まなかったな」

「うるせえ、御託はいいから、早くその銭をこっちへ寄越せ」

男たちは顔を見合わせて笑い合った。

六兵衛の掌から半助の掌へ。焼け焦げた跡や泥や手垢がついた銭が、ちゃりんと音を立てた。

9

「大丸、大丸、こっちへおいで。少しだけ奈々の商売のお手伝いをしてくださいな」

奈々が猫撫で声で大丸を呼ぶ。

長屋の塀の上に鎮座した大丸は、冷たい目で奈々を見下ろしてからぷいっと顔を背けた。

「大丸、お願いしますよお。ほんの一度だけ、この猫用脚絆（きゃはん）を当ててみて、付け心地を試してもらいたいのです」

奈々が手に握った小さな小さな脚絆を振り回した。

「可愛らしい脚絆ね。大丸に似合いそう。まったくお奈々は器用な子ね」

糸が掃き掃除の手を動かしながら声を掛けると、奈々は「人用の脚絆の幅を測って、すべて十で割って寸法を取りました」と、得意げに言った。

「やめとくれ。猫ってもんは、いつだって裸んぼうがいちばんさ。人の真似をして飾り立てたりなんてするもんじゃないさ。ねえ、大丸？」

イネが声を掛けると、大丸は人の言葉を完全に理解した顔で一声鳴いてから、奈々を見下ろして尾を揺らした。

「そんな、おイネ婆さま、つい先日は猫用豆草履なんて言って一緒に喜んでいらしたのに……」

「お奈々に良いことを教えてやるよ。この年まで長生きするには、いくら良い閃きを思いついたと思っても、これは不味（まず）いと思ったらすぐにあっさり手を引くのが肝心さ。閃きなんてもんは、どこに落っこちるか皆目見当がつかない雷みたいなもんだからね。いつまでも己の閃きにこだわっていたら、ろくなことにならないよ」

イネは得意げに言って、大丸の垂れた尾っぽにちょいと触れた。

「へえっ、そうでしたか。では、もうすぐ完成しそうだったこの絵札も、そろそろ諦めどきかもしれません」

奈々が懐から一枚の絵を取り出した。

「何だい、そりゃ？」

イネが怪訝そうな顔で覗き込んだ。

掌くらいの大きさの四角い紙に、着物の柄を模した絵が描かれている。

糸がお土産に買ってきた〝花之丞サマ命〟の絵とそっくりだ。

「お糸ちゃん、見てくださいな。奈々は、ただあの絵の真似をしてそっくり同じものを作っただけではないのです」

糸の考えたことがわかるように、奈々が絵を差し出した。

「あら、ずいぶんとしっかりした厚みにしたのね」

厚紙が貼られてちょっとやそっとのことでは破けそうにない。かるたの札にそっくりだ。

「裏返してみてくださいな」

奈々が目を輝かせて促した。

「あら、面白い」

絵札の裏側には、相合傘が描かれていた。片方には松葉花之丞の名が書かれていて、もう片方は空白だ。

「こっちに、その場で客の名を書いてやるってことかい。うまいことを考えたね！」

イネが掌をぽんと打ち鳴らした。

「そうです。この絵札を懐に忍ばせておけば、大人の女の人たちは、きっといつも大好きな花之丞さんと想いが通じ合っているみたいな気分になるのでしょう？　本物とは似ても似つかない下手くそな錦絵なんかよりも、こんな照れ臭いお守りを持っているほうがずっと気持ちが華やかになりそうです」

「いいね、これは売れるよ。最初のひとつは私におくれ」

「ええっ、毎度ありがとうございます！　相合傘のお相手は花之丞さんでよろしいですか？」

「ああ、もちろんさ。お花の他に誰がいるんだい？」

「少しお待ちいただければ、大丸や弟分の猫たちの名に書き換えることもできますよ？」

「……いいんだよ、お花に決まっているだろう。お代は部屋まで取りに来ておくれ」

イネが少し迷った顔をした。

「わーい。これでまた、奈々のところにお金がざっくざっくと……」

奈々が懐の巾着袋を取り出して、紙風船のようにぽーんと空に放り投げた。

「おうっと、お奈々。今のはいけないよ」

イネに咎められて、奈々はきょとんとしている。

「あんたが本気で商売をするってなら、金はおもちゃじゃないんだ。あんたが頭を絞って閃いて、うんうん唸って手を動かして、汗水垂らして稼いだお金を、そんなふうに軽く扱っちゃいけない」

イネが厳しい顔をした。

「……はい」

奈々が神妙な顔で答える。

「金ってのはね、そのことばっかり考えていると気が細る。かと言って頓着しなけりゃそれはそれで手前の首を絞めてくる。まったく面倒くさいもんさ。私くらい長く生きていると、こいつが持ってくる厄介事に眠れないくらい悩まされることが幾度もあったさ」

「よくわかります。半助さんと六兵衛さんのように、お金がきっかけで縁切りになる手前までこじれることもあるんですね」

奈々が少し不安な顔で、膨らんだ巾着袋に目を向けた。

「怖がることはないさ。けれどね、その巾着袋の中には、うんとたくさんの人の日々の働きが詰まってる、ってことを忘れちゃいけないよ。一枚の銭を手にするときには、必ずあんたのおとっつぁんが一所懸命に働いている姿をきちんと思い出すんだよ」

「おとっつぁんが一所懸命に働いている姿、ですか……」

奈々が難しい顔をして空に目を向けた。ほんの一呼吸の後、奈々の顔がぱっと笑顔に変わる。

「はいっ！　わかりました！」

奈々は先ほどとは打って変わって、丁寧な手つきで巾着袋を懐に戻した。

「早速、相合傘におイネ婆さまのお名前を書き込んできますね。完成したらすぐにお持ちします！」

部屋に駆け込んでいった奈々を見送って、糸はふと首を傾げた。

「そういえば、藤吉兄さんの姿が見えませんね。あれから豆餅の踵の禿げはどうなったんでしょう？」

「藤吉かい？　あいつは小さなことで騒ぎすぎさ。あれから気になって大丸の踵を見てみたら、同じような禿げがちゃんとできているんだからね。妹分や弟分の脚も同じさ。ちょっとくらいの踵の禿げってのは、大人の猫にはみんなあるもんさ」

「まあ、よかったです。藤吉兄さん、ほっとしていたでしょう？」

「それがそうはいかないんだよ。『そうかい、みんなが一緒なら安心だな』なんて言いながら、己の家の豆餅の禿げだけはどうにかして治してやろうと企(たくら)んでいるみたいさ。

それこそ、お奈々の猫用脚絆を持って行けば喜んで買ってくれるかもしれないねえ。豆餅にとってはいい迷惑だろうが」

「そうでしたか。藤吉兄さんは豆餅のことがほんとうに大好きだから……。あら、噂をすれば。藤吉兄さん、おかえりなさい。熊蔵さんも一緒だったのね」

路地の入口に藤吉と熊蔵が現れた。

「おーう、お糸さん。今日は土産物はねえんだ。済まないね。ちょっくらこいつに頼まれ事でね」

熊蔵が藤吉を肩で示した。

「珍しいお二人ね」

藤吉は、糸を好いてくれる熊蔵のことをさんざんからかっていたはずだ。

「あ、ああ。そうだな。ちょっとな」

二人の男は気まずそうに顔を見合わせた。

「なんだい、気味が悪いね。あんたたち」

イネがつまらなそうに毒口を吐くと、塀の上の大丸が大きく尾を揺らした。

第二章　キ　ツ　ネ

1

お江戸は日ごとに暖かくなってきた。

だが春の訪れに浮かれてばかりはいられない。皆が外に繰り出すのを待ち構えていたように、このところ急に疫病の知らせが町を巡るようになったのだ。

元よりお江戸の一帯は、大火でとんでもない数の人が亡くなった焼け野原だ。嫌な匂いが漂って大きな鼠(ねずみ)やカラスがうろつく場所は、今でもそこかしこに残っていた。

糸が水桶(みずおけ)を手に朝の路地へ出ると、待ち構えていたように右隣の部屋から奈々が飛び出してきた。

「お糸ちゃん、おはようございます。お身体(からだ)は無事ですか？　熱があったり、咳(せき)が出たり、お腹(なか)を壊していることはありませんか？」

「ええ、ありがとう。平気よ。お奈々もいつもと変わらない？」

「はいっ！　奈々は今日も元気いっぱいです！」

疫病の噂は、皆の不安を掻き立てる。

この長屋の住人同士も、こんな不穏な調子を帯びた挨拶を交わし合うようになっていた。

「このところ、皆が疫病の話で持ちきりで怯えてばかりいます。せっかく出店を出してもさっぱり売れません。物売りの商売のほうは、しばらく畳んで再起の機を窺ったほうが良さそうですね」

奈々が大きな水桶を抱えて、難しい顔をしている。

「そうね、今はしっかり食べてしっかり眠って、お互い身体を大事にしましょう」

「はいっ、もちろんそのつもりです。奈々はおとっつぁんの大事な大事なひとり娘ですからね。奈々に万が一のことがあったら、おとっつぁんは気がおかしくなってしまいます。奈々はいつまでもうんと壮健で、長く生きなくてはいけないのです」

「そうそう、よくわかっているわね」

奈々の頭を撫でながら、我が子にこんなふうに言わせる岩助は良い父親だ、と思う。

「お糸ちゃんのお仕事のほうは、いかがですか？」

「そういえば、ここのところ代書のお客さんは少ないわ」

改めて考えてみると、このひと月は、新しい代書の仕事はほとんどなかった。夜の〝縁切り屋〟の仕事に至っては一件もない。まあそちらのほうは、糸にとっては歓迎すべきことではあるが。

お寺暮らしの頃に叩き込まれたおかげで常に節約を心がけて暮らしているので、今すぐに生活に困るわけではない。だが、ひとりで生計を立てている身としては、このままずっとこの状況が続くのは心許(こころもと)ない気持ちになる。

「疫病で明日の命も脅かされている人が、たくさん現れたせいです。お江戸の皆は、嫌な相手と縁を切ってさっぱりしたい、なんて贅沢(ぜいたく)なことを言っている場合ではなくなってしまったのかもしれませんね。肝心の命を絶たれてしまっては、ご縁も何もありませんし」

奈々がうーんと唸った。

「そうね、私たちの縁切り屋さんはそろそろお店じまいかもしれないわ。貴重な本を書き写して欲しい、なんて代書のお仕事も減っていくかもしれないし。そうしたら、私も新しい仕事を考えなくちゃいけないわね」

糸の言葉に、奈々がこちらをじっと見た。

「さすが、お糸ちゃんです！　奈々はとてもほっとしました」

「さすが、って、いったい何のこと？」

新しい仕事を考えなくては、という話だろうか。

「お糸ちゃんはこんな不穏なご時世になっても、早く熊蔵さんと夫婦になって、喰うに困らない身になりたい、なんてことは少しも考えていませんね？」

「熊蔵さん？　驚いたわ。どうして急に、熊蔵さんの名が出てくるの？」

呆気に取られて目を丸くする。

「最近、お江戸の若い娘は己の行く末に不安を感じ、相手は誰でも良いから、とにかく所帯を持とうとしているそうです。そんな話を聞いて、奈々はとても嘆かわしく思っていました。ひとりで生きて行くことさえできない者が、そこいらに転がっている相手とひょいと所帯を持って、あろうことか赤ん坊のおっかさんになってしまおうだなんて。何とも恐ろしいことです」

奈々は渋い顔で大きく頷く。

「そ、そうかしら？　人には向き不向きがあるのよ。働くことは得意じゃなくても、心優しくて素敵なおっかさんはいくらでもいるわ」

思わず口を挟んだが、奈々は首を横に振る。

「どんなおっかさんが素敵なおっかさんかなんて、そんなお話ではありません。奈々は、所帯を持つときの心構えについてお話をしているのですよ。子を持つには、まずは己が大人にならなくてはなりません」

「……はい」

糸は肩を竦めて頷いた。

これではどちらが大人だかわからない。

「ということで、お糸ちゃん。お誘いです。これからしばらく、奈々と一緒に出稼ぎに参りませんか？」

奈々の顔がぱっと華やいだ。

「出稼ぎ、ですって？」

「はいっ！　疫病が流行(はや)っているこのご時世、人手が足りなくて困り切っている働き口があるのです。そこでは、とにかくたくさんの手伝いを探しています。たんまりとお給金もらえます」

「それって、いったいどこなの？」

「小石川です」

糸は息を止めた。

「……小石川養生所、銀太先生のところね？」

銀太は、イネの実の息子だ。銀太は己の出生の秘密を知り苦悩した末、ただひとりの身内であるイネに縁切りを申し渡した。

「はい、そのとおりです。奈々は銀太先生におとっつぁんの病を治していただいてから、いつか必ず御恩返しをすると心に決めておりました。きっとまさに今がそのときです」

奈々がまっすぐに糸を見つめた。

「けど、おイネさんのこと……」

「奈々もお糸ちゃんも、ただのおイネ婆さまのご近所さんです。銀太先生はそんなことで、私たちを煙たがるような方ではありません」

「それはそうね。でも、銀太先生のお気持ちを考えると、心を乱すようなことをしては申し訳ない気がしてしまうの」

「お糸ちゃん、今は、そんな甘えたことを言っている場合ではありません。お江戸には、疫病で苦しんでいる人たちがたくさんいるのですよ。そして銀太先生は、人手が足りなくて困っていらっしゃる。奈々とお糸ちゃんは、お仕事が減って困っています。私たちは、ただ己の持てる力を精一杯使って、銀太先生のお手伝いをする以外に道はありません」

奈々は糸を諭すように言ってから、大きく胸を張って「では今日これからすぐに参りましょう！」と早口で付け加えた。

2

立派な門構えの小石川養生所を訪ねると、銀太はそこにはいなかった。

「銀太先生なら、お救い所だよ。林の奥の道をずっとまっすぐ行けば、いかにも〝お救い所〟らしい建物が見つかるさ。お救い所ではまったく人手が足りないんだ。あんたたちが訪ねて行けば、きっと銀太先生は飛び上がって喜んでくれるだろうね」

いかにも古株らしくどっしりした身体つきと面構えの助手の女は、養生所の裏手に鬱蒼と生い茂った林を指さした。

養生所の周囲にはたくさんの人が集まって、診察を待っていた。心配そうな顔をした家族に付き添われて、ぐったりと地べたに蹲っている者がほとんどだ。

「けど、あんたはまだしも、そんな小さい娘が使い物になるかねえ。まだやっと七つくらいだろう？」

女が奈々に困ったような目を向けた。

「奈々は背丈は低くとも、十を過ぎています！　平気に決まっています！」

奈々が失礼な、という顔で胸を張った。

「それに、ほら、あそこにも、奈々と同じ齢くらいの子がたくさん働いているではないですか」

奈々が指さした先には、奈々よりも明らかに幼い顔つきの少年たちが荷を背負っている。

「ああ、あの子たちは、おとっつぁんやおっかさんがお救い所で寝込んでいるのさ」

女が気の毒そうに眉を八の字に下げた。

「貧しくて薬代を払えないからって、代わりにここで働いているんだよ」

「そうでしたか……。あんなに小さいのに、おとっつぁんとおっかさんを助けるために……」

　奈々が急にしゅんとした顔をした。

「そうだ、ちょうどいいね。あの子たちに案内を頼もうかね。おうい、お前たち、このお二人を銀太先生のところへお連れしておくれ！」

　女が気を取り直したように明るい声を出した。

「やあ、お空にトンビが飛んでいるよ」

「トンビじゃないよ、カラスだよ。真っ黒いだろう？」

「真っ黒く見えるのは、お空にお天道さまがあるからさ。ほらっ」

　薪を背負った子供たちが、しいっと声を潜めた途端、空からぴいひょろろ、と甲高い鳴き声が聞こえた。

「ほら、やっぱりトンビだっただろう！」

　子供たちは一斉にわっと声を上げて笑う。

「お糸ちゃん、小さい子供というのはずいぶんと屈託ないものですね。おとっつぁんやおっかさんが病で寝込んでいて、薬代のためにこき使われているという気の毒な身の上だというのに、この子たちは天真爛漫そのものでございます。あまりに健気な姿に、奈々は涙が出そうです」

奈々が瞳を潤ませた。

「おう、お前たち、今日もよくやっているな」

お救い所の入口で戸板を直していた屈強な見張りの男が、子供たちに親し気に手を振った。

「はやく、はやく、こっちだよ！」

子供たちに手招きされながら辿（たど）り着（つ）いたのは、ところどころ板の色が違って、急ごしらえとすぐにわかる大きな建物だった。

「銀太先生！　ここで働いてくれる、って人を連れて来たよ！」

「別嬪さんで優しそうな大きなお姉さんと、ちょっと怖そうな小さいお姉さんさ！」

「怖そうですって？　そんなことを言うと、奈々はほんとうに怖い姉さまになりますよ」

奈々が眉間に皺を寄せて、子供たちに牙を剝く真似をして見せた。

「きゃあ、怖い怖い！」

歓声を上げて走り回る子供たちは、先ほど奈々が言ったとおり、苦しい身の上を少しも感じさせないほど朗らかだ。

しばらくの間の後、戸が開いた。

「やあ、お前たち。助かるよ」

銀太だ。

　お救い所の中では忙しく駆け回っていたのだろう。息が微かに上がっている。だが焦った様子を一切見せずに、こちらをほっと安心させるような平静で穏やかな笑みを浮かべていた。

「薪は大きさを揃えて裏手に置いておくれ。ただでさえ病人が暮らす気の滅いる場所だ。薪ひとつ雑に置いては心が乱れる。くれぐれも見た目がすっきり整うように、気を配って並べておくれよ」

「はい、わかりました！」

子供たちは銀太の言葉のひとつひとつに大きく頷いて、一目散に駆けて行った。

「ここで働いてくださるというのは、あなたでしたか」

銀太が糸に親し気な目を向けた。子供たちに見せたのとはまた違った、眩しそうな笑みだ。

「奈々もおりますよ」

奈々が後ろでぴょんと跳ねた。

「おっと、頼もしいねえ。お奈々、ちょっとこちらへおいで」

銀太は奈々の額に掌を当て、脈を測り、瞼を裏返し、口の中を診た。

「よし、これならば、大事な仕事を頼めそうだ。けれど、約束しておくれ。毎朝こうしない。少しでも疲れが見えたら、その日は働くことはできない。家でしっかり休むんだ」

「身体が疲れてしまっては、働くことができないんですね？　奈々は、くたくたに疲れるまで働くということが、お仕事の醍醐味かと思っておりましたが……」

奈々が、懸命に理解しようとしている顔をした。

「病には関わり方がある。それを軽んじて無理をすれば命を落とす。私の言うとおりにしてくれるな？」

「もちろんです！　奈々は、銀太先生のお言葉にすべて従います！」

奈々が目を輝かせた。頼りがいのある大人に出会えたことが、嬉しくてたまらない顔だ。

「よし、偉いぞ」

銀太がにっこり笑って奈々の頭を撫でた。

「お糸さん、あなたも同じです。よろしいですね？」

銀太が手を差し伸べた。

「え、あ、はい。もちろんです」

糸は勢いよく銀太に己の手首を差し出した。

ほんの一呼吸の間、戸惑ってしまったのがなんだか不思議だった。

銀太の荒れて乾いた手には、真冬の霜焼けの跡がまだはっきり残っている。糸の脈を測る慣れた手つきに、〝お救い所〟という場所はどんなところだろうと身構えていた心が穏やかになっていく。医者の掌の温もりというものは、ずいぶんと安心を与えてくれるものだ。

「二人とも壮健そのものです。早速、仕事を始めてもらいましょう」

銀太が戸を開けると、中ではたくさんの人が横たわって、うんうんと苦し気な呻き声を上げていた。

3

初めて見るお救い所の光景に、いったい私に何かできることがあるんだろうかと気後れしたのはほんの束の間。

病人の世話はもちろんのこと、洗濯、水汲み、掃除、それに土間の鍋で沸かし続けている湯を決して絶やさないようにすること。

次々に命じられる仕事をただ一心にこなしていると、あっという間に時が過ぎた。

「今日はそろそろ終わりにしましょう。隣の小屋で食事をもらってから帰ってください。くれぐれも、夜更かしなぞせずにたくさん眠ってくださいね」

銀太の口調は穏やかだが、有無を言わせない強さがある。

　病人はそこかしこで苦しさを訴え、そのたびに銀太が駆け寄る。まだまだやることはいくらでもありそうで、少しでも助けになりたかったが、銀太が今日はここまでと言ったら、それには従わなくてはいけない。

「お糸ちゃん、お疲れさまです！　お仕事はいかがでしたか？　奈々は小さな子たちと一緒に、畑を作るために荒れ地を耕すように言われました。たいへんな力仕事です」

　汗まみれになった奈々が、いい笑顔で駆け寄ってきた。

「子供たちは、お外で働いていたのね。こんなお天気だから、気持ちが良かったでしょう」

　暗い病の気配の漂う養生所の中ではなくてほっとする。

「そうですね。小さな子たちはちょっと目を離すと遊び始めるので、骨が折れましたが。さあさあ、お食事をもらえると聞きましたね。隣の小屋へ行ってみましょう」

　奈々に促されて養生所から少し離れたところにある小屋へ行くと、先ほどの子供たちが車座になって汁物を頬張っていた。

「おや、ずいぶんと美味しそうですね。お菜はもちろん、豆腐や小魚まで入った具沢山の雑炊です」

　椀を覗き込んだ奈々が、不思議そうな顔をした。

　これまで目にした炊き出しといえば、どうにかその日を食い繋ぐための粗末な薄い汁物というのが決まりだった。

大きな鍋を守っているのは、いかにもしっかり者らしい顔をした眉が太くて濃い若い女だ。

「はい、どうぞ。あら、お嬢ちゃん、新入りさんだね。私は炊事場の佐知だよ。おっかさんの具合、早く良くなるといいねえ。銀太先生にお任せすれば大丈夫だよ。死に目を見るくらい苦しかった私の病だって、さっぱり治してくださったんだから」

佐知が椀に山盛りの雑炊を差し出した。味噌の良い匂いが漂う。

「ありがとうございます。ですが、奈々のおっかさんはもうおりません。おとっつぁんはどこも悪いところはありません。つまり、奈々とお糸ちゃんは、このお救い所に出稼ぎにやってきた身なのです」

「出稼ぎ？」

奈々の明け透けな言葉にきょとんとした顔をした佐知に、糸は慌てて、

「ここでは人手が足りないと聞いたので、お手伝いをしようと思って来たんです」

と言い直した。

「そうでしたか、よくわかります。このご時世じゃ、元の仕事もこれまで通りにはうまく行かないもんですよ。私も前は呑み屋の炊事場で働いていましたけれどね。病で寝込んでいる間に店主が店を畳むってことになっちまいました。結局、病が治ってもこのま

まここに置いてもらっています。お姉さんはどんなお仕事をされていたんですか？」

「代書屋をしていました」

糸がそつなく答えると、佐知は「それじゃあ字が上手いってことですか。羨ましいもんです。私はひどい悪筆でしてね」と気さくに笑った。

「さあ、どうぞ」

糸も雑炊の椀を受け取った。湯気がもうもうと立ち上る。

「お雑炊、すごい量でしょう？　それにこのまま店に出せるくらいの具沢山です。銀太先生のご意向ですよ」

佐知はまるで己の親を褒めるように得意げだ。

「銀太先生は、すべての病は、身体の疲れから来ると感じていらっしゃるんです。だから、皆には身体の疲れを軽くするために、とにかくたくさん喰って、たくさん寝て、身体を温かく保つようにという教えを徹底されています」

「それじゃあ、あの子たちも……」

糸が小さな子供たちに目を向けると、佐知は大きく頷いた。

「薬代のために働かせているなんてのは、ただの建前ですよ。なるべく病人に近づけずに、外で身体を動かす雑用をさせて、たくさんの飯を与えて、温かくして寝かせているんです」

「ああ、銀太先生は素晴らしいお方ですね。小さな子供なぞろくに役に立たないとわかっているのに、きちんと仕事を命じて、働き甲斐を与えてくださるのですから。同じことをしていても、かわいそうなお前たちに食事を恵んでやろう、などと偉そうなことを言うのとはわけが違います」

奈々が己も銀太に気を配ってもらっているとはちっとも気付かない顔で、熱い雑炊にふうふう息を吹きかけた。

「銀太先生はほんとうに心優しいお方です。そして何より、銀太先生の仰ることは理にかなっていますよ。己の思い込みのために、道理を滅茶苦茶に捻じ曲げてしまうなんてことは決してありませんもの」

佐知の眉間に皺が寄った。

「道理を滅茶苦茶に捻じ曲げる……って、何のことですか？」

「こらっ、お奈々」

やはりこの子はそこに喰いついたか、と、慌てて小声で叱った。

縁切り屋稼業を続けていると、人が相手に「それはどういうことですか？」と聞いて欲しくてたまらないことがすぐにわかる。もちろんそれが楽しい話のはずがない。

「そう、お嬢ちゃん。この世には、困った人、ってのがいるもんなんだよ」

佐知が声を潜めた。

「まあ、このお雑炊、すごく美味しいですね」

これはいけない、と糸が慌てて話を逸らしかけたところで、表から男の罵声が響き渡った。

「こらっ！　また入り込みやがったな！　あっちへ行け！」

直後に、お救い所の入口で作業をしていた見張りの男が小屋に飛び込んできた。

「お佐知、またあいつらが潜り込んでいやがった！　すぐに見つけて追っ払ったけれどな。子供は怖がるし、万が一病人の手にこんなものが渡ったら、不安になっちまうに違いねえさ！」

男は手に握った紙を振り回した。

「……ごめんなさい。私のせいです」

佐知は、先ほどの気さくな様子とは打って変わって泣き出しそうな顔をしている。

「何を言ってんだ、お前が悪くねえのはみんなわかっているさ。気にすることあねえよ。悪いのはぜんぶ、あのお葉（よう）って馬鹿女だろう？　銀太先生にもお葉に文句を言おうって訴えたんだが、『その紙は捨てておきなさい』なんて言うばかりで埒（らち）が明かねえ。あの先生は優しいからなあ」

「お葉さんというのは、お佐知さんのお知り合いなんですね？　困った人、というのはもしかして……」

奈々が目を光らせた。

「ええ、そうよ。お葉は私の幼馴染よ。けど、銀太先生のやり方が気に喰わないって、仲間と一緒にこんなものを撒くの」

佐知は男から紙を受け取って、皺を伸ばした。

そこには瞳のところがぽかんと黒く空いた狐のお面が描かれていた。

4

美味しい雑炊で腹いっぱいになった奈々は、早速、子供たちと鬼ごっこを始めた。

「お奈々、そろそろ帰るわよ。もうじき、おとっつぁんが戻ってくるわ」

「はあい、あと少し、あと少しだけ……」

奈々は子供たちと一緒に、きゃっきゃと叫び声を上げながら駆け回る。よく働きよく喰った子供たちは、病の親を抱えているとは思えないほど生気に満ち溢れた目をしていた。

病の気配が濃く漂うはずのお救い所の光景が、この子供たちのおかげでずいぶんと明るく見えた。

「もう、仕方ないわねえ。それじゃあ、あと一回鬼が交代したらおしまいよ」

「はあい！　わかりました！」

良い返事を遠くに聞きながら、ふと、糸の目に藪の小枝に引っかかった一枚の紙が映った。

先ほどの狐の面を描いた紙と同じものだ。

佐知と男の話によれば、幾人かでわざわざ撒きにやってきたと聞いたので、その残りの一枚だろう。

手に取ってみて、改めてそのおどろおどろしさに身が強張る。

この世には、困った人、ってのがいるもんなんだよ。

佐知の言葉が胸の内で蘇った。

このお救い所は、銀太が病人を治すために奮闘し、その幼い家族の面倒までみようとしてくれる有難い場所だ。銀太は己の志のため、朝から晩まで一切休む間もなく駆け回っている。

そんなやり方のどこに、けちをつけるところがあるというのか。それもこんな気味悪い絵を撒く嫌がらせをしようとするなんて。糸には見当もつかない。

まったくお佐知の言うとおり、困った人がいたものだ。

こんなもの、早く捨ててしまおう。

手にした紙から禍々しい妖気が立ち上ってくるような気がして、糸は屑入れを探そうとお救い所へ戻った。

ふと、足を止める。

お救い所の裏手に作られた粗末な厠の前に、人の姿があった。

怪訝な気持ちで近づいてから、思わず「えっ？」と声を上げた。

まさか、そんなはずはない。

「銀太先生ですか？　どうして厠のお掃除を？　そんな汚い仕事、私がやります」

身を屈めて厠の掃除をしていたのは、つい先ほどまで病人の間を飛び回っていた銀太だった。

ここにはたくさんの人が暮らしているのだから、厠はひどく汚れているに違いない。

助手として大事な仕事を忘れていたのだと、慌てて駆け寄った。

「いや、ちょうど終わったところです」

振り返った銀太は、近づいてはいけない、というように糸を掌で制して苦笑いをした。

「ここでは、私が厠の掃除をする決まりなんです」

銀太は近くの小川の流れで、念入りに手を洗った。

「そんな、銀太先生はそれでなくともお忙しいのに。明日から私がやらせていただきますね」

助手を幾人も使う医者が、誰もが嫌がる厠の掃除をするなんて聞いたことがない。

「いいえ、これは私の仕事です」

銀太はきっぱり言い切ると、ふと糸が手に握った紙に目を留めた。

「驚いたでしょう。先にお伝えしていなくて済みません」

申し訳なさそうに眉を下げる。

「藪のところに引っかかっていました。誰がどうしてこんなことを……」

糸は目を伏せた。

足元で、己の爪先と銀太の草履の先がまっすぐ向かい合っているのが見えた。

「その紙を撒いているのは、食事の支度をしてくださっているお佐知さんの友人、お葉さんという方です。お葉さんは、疫病とは神の祟り（たた）だと信じていらっしゃる。ここの皆に、医者になぞかからなくとも、狐のお面を被って踊れば、すべてすっきり治ると伝えなくてはいけないと考えているんです」

「狐のお面を被って踊れば病が治る、ですって？　そんな荒唐無稽なことあり得ません」

あまりにも馬鹿らしい話だ。糸は眉間に皺を寄せた。

銀太は糸の不満げな顔を窘（たしな）めるように、静かな笑みを湛（たた）えたままだ。

「私の医者としての経験からすれば、この疫病は何より疲れと汚れを防ぐことが肝心だと感じます。ですが私ひとりだけが正しく、お葉さんがすべて間違っているとは言い切れません。気を病んだ人が拝み屋に狐を祓（はら）ってもらえばすっきり治る、ということは現にあるのですから」

「でも、お葉さんのほうは、銀太先生がすべて間違っていると目の敵にして、こんな嫌がらせをするんですよね？　ひどいお話です」

理にかなった銀太の話を聞いていたら、かえって鼻息が荒くなってしまった。

銀太が小さく首を横に振った。

「こうなってしまったのは、私の気配りが足りなかったせいもあるのです。お佐知さんがお葉さんに縁切り状を出そうとしている、と噂があったときに、どうして私がすぐに止めなかったのだろうと悔いています」

「縁切り状……ですか？」

糸の脳裏に、銀太がイネに宛てた縁切り状が浮かぶ。

「嫌なことを思い出させてしまいましたね。申し訳ありません」

銀太が顔を強張らせて、心の内の窺い知れない表情で頭を下げた。

取り付く島もない雰囲気に、急に糸の胸に寂しさが広がった気がした。

「い、いいえ。平気です。それが私の仕事ですから。そのお佐知さんの縁切り状、というのはご自身で書かれたものなんですよね？　どうしてそんな物騒なことになってしまったんですか？」

イネの面影がちらつくのを振り払うように訊いた。

「お佐知さんは元は私の患者です。丈夫な身体に生まれたのが幸いして、疫病で死にかけていたところから回復しました。ですがお葉さんは、お佐知さんの病が治ったのはすべて狐踊りのおかげだ、と言って回ったのです」

「お佐知さんは、一度も狐踊りなんてしなかったのに、ですよね？」

「ええ、病に苦しんでいた時期のお佐知さんに踊りなんてする余裕はありません。何でも、お佐知さんの名を書いた紙を懐に忍ばせて、お葉さんが代わりに踊った、とのことでした」

銀太がさすがに少し困った顔をした。

「お佐知さんは、出会う人皆に『お葉の言うことは、ほんとうなのかい？』と聞かれて、ときには『狐踊りのお佐知』なんて名で笑われたこともあり、すっかり腹を立ててしまいました」

「せっかく銀太先生に病を治していただいて、命を救っていただいたところで、そんな目に遭えば、腹が立つ気持ちもわかります」

糸は大きく頷いた。

「私が治したわけではありません。お佐知さんが己の力で治したのですよ。それに、大事な友人の病の平癒を願ったお葉さんの想いは、間違ったものではありません」

銀太に窘められて、己の頬が驚くほど熱くなっていたと気付いた。

佐知と葉。糸には何も関係がない話だ。縁切り屋の客でさえない二人の女の縁切りだ。何をそんなにむきになることがあるだろう。

「縁切り状を送り付けられたお葉さんは、よほど驚いたのでしょう。そしてとても傷ついたに違いありません。前よりもずっと無茶なことをするようになりました」

銀太は、糸から狐の面の描かれた紙を受け取った。

目玉が真っ黒に塗りつぶされた不気味な狐の面に、お前の気持ちはわかっているぞ、とでもいうように喉元で小さく頷く。

「お救い所の皆のためには、何か手を打たなくてはいけないと思っています。ですがお葉さんは私を敵と思っているので、話し合いには応じてくださらないでしょう。どうすればお葉さんの心が安らかになるのか、思いつかないのです」

銀太がため息をついた。

遠くで奈々が「もう一回、もう一回だけやってしまいましょう！　今度は奈々が鬼をやりますからね！」とはしゃぐ声が聞こえた。

5

「まったく銀太先生は、素晴らしいお方です。銀太先生のような立派な方の元で働けるのは、奈々にとって大きな喜びです」

壁の向こうから奈々の興奮した声が聞こえた。

「わかった、わかった、ひとまず落ち着け。そんなに顔を真っ赤にしてのぼせ上がったら、ちっとも仕事にならねえぞ。銀太先生もおっかねえと思うに違いねえさ」

岩助の苦笑交じりの声。

「のぼせ上がるのも当然です。銀太先生は、おとっつぁんの病を治してくださった命の恩人ですよ。まさかまさか、お忘れではないでしょうね？」

「もちろん、忘れるはずがねえさ。しっかり働いて、おとっつぁんの分も恩返しをしてきておくれよ」

「ええ、もちろんです！　奈々にお任せください！」

二人が声を合わせて笑った。

糸も壁に向かって微笑みかけてから、逆側の左隣に目を向ける。

イネにはまだ、銀太のお救い所で働くことになった、と伝えることができていなかった。

普段ならば、しょっちゅうイネは路地で藤吉と猫談議に花を咲かせているはずなのに。

奈々と糸とで長屋に戻ったそのときに、屈託ない奈々の口からさらりと事実だけを伝えてもらえると思っていたのに。今日に限って一度も顔を合わせる機会がなかった。

代書の仕事が少なくなっているから先行きが心配で。私は躊躇（ちゅうちょ）したのだけれど、奈々にどうしてもと誘われたから。そんなまるで子供のような言い訳をつらつらと考えていると、息が浅くなる。

何を気にしているんだろう。私は何もイネに悪いことをしているわけではない。そんなふうにまた子供じみたことを考えてから、大きくため息をつく。人の想い、人の縁というのが道理にかなったものではないというのは、己がいちばんよく知っているはずだ。

「おとっつぁん、おやすみなさい。明日もお互い怪我なく力いっぱい、懸命に働きましょうね」

隣からはっきり聞こえる奈々の元気な挨拶に合わせて、糸も行燈の灯を吹き消した。搔巻を被って、暗い天井を見上げる。

「おう、よしよし。お前はいい子だねえ。おや、眠れないのかい？　それじゃあ毛を撫でて、子守歌を歌ってやろうかね」

左隣から漏れ聞こえてくるイネの嗄れた声に、にゃあ、と猫の鳴き声が重なる。

歌声が聞こえる。

低い声でぶつぶつ呟くような単調な旋律。糸がこれまでに聞いたことのない歌だ。だが、これが母の子守歌だとはっきりわかる。包み込むような優しい調子の、まるで猫がごろごろと喉を鳴らすような歌声だ。

遠い昔、銀太もこの子守歌を聞いたのだろうか、と物悲しく思いながら、糸も少しずつ瞼が落ちてくる。

今日はよく働いた。初めての場所で初めての人たちと出会った初めての仕事だ。たくさん身体を動かした。たくさんの人にお礼も言われた。たくさんの新しいことを学んだ。

糸は心地よい眠気に身を委ねて、大きなあくびをした。

こんな仕事は良いものだ。霊山寺に預けられて忙しく働いていた頃のことを思い出す。長屋の部屋に引き籠って文字を書き続けることよりも、私には合っているのかもしれない。

だって霊山寺にいた頃は、〝あれ〟が見えてしまうことはなかった。

考えてみれば、糸のところへ人の想いが〝生霊〟としてやってくるようになったのは、ここで縁切り屋なんて因果な商売を始めるようになってからだ。

もうほんとうに、縁切り屋さんはおしまいかもしれないわ。

糸は胸の内で呟いた。

これからも、あのお救い所で働かせてもらいたいと思った。病に倒れた人たちを看病して、身体を懸命に動かして人の役に立ちながら。早く銀太が頼りにしてくれるような一人前の助手になるのだ。

銀太――。

その名を心で唱えた途端、怪訝な気持ちで目を開けた。

少しの間ぼんやりしてから、くすっと笑った。

私もお奈々と一緒だわ。今日だけで、すっかり銀太先生にのぼせ上がってしまったもの。

そういえば、奈々は銀太が厠の掃除をしていたことを知らない。

銀太から口止めされたというわけではないが、もしもそんなことを伝えたらきっと奈々は感動のあまり大騒ぎをするだろう。銀太先生は素晴らしい、素晴らしいと大声で言って回り、かえって銀太を面喰らわせてしまうかもしれない。

きっと銀太は厠の掃除をするときに、誰にも告げず、人目を避けてこっそり行っているに違いない。そういう男だ。

「内緒にしたなんて、そんなつもりじゃないわ」

自分の寝言に、はっと目が覚めた。

あれこれ思いをめぐらせているうちに、いつの間にかぐっすりと眠り込んでしまっていたのだ。

「あら、いやだ。変な寝言」

日中の何ということのない光景が、ずいぶん胸に留まっていたものだ。お救い所で医者が厠の掃除をしている姿が、私にはそんなに物珍しく感じたのだろうか。

首を捻りたくなるような心持ちで、もう一度眠ろうと大きく息を吸った。

ふいに、耳元で跳ねるような音が聞こえた。

てんててん。とんととん。

祭り囃子のように剽軽な調子で鳴る、太鼓の音だ。

音はだんだん近づいてくる。

こんな夜更けに神輿がやってくるわけでもないだろう。

半身を起こして、周囲を見回した。

てんててん。とんととん。

いつの間にか音は壁を震わせるように鳴り響く。とんでもなく大きな音なのに、長屋の住人が起き出す気配はない。

「……嘘でしょう」

これは〝生霊〟だ。

「私は、誰にも縁切り状なんて書いていないわ。どうして私のところへ来たの？」

糸は身を縮めて、部屋の隅の暗闇を見据えた。

「きゃっ」

ふいに暗闇の奥から、何か白いものが勢いよく投げつけられた。身体に当たって悲鳴を上げたが、軽いものだったようでさほど痛くはない。

「お面、狐のお面ね」

糸が手に取ったものは、裏側が黄ばんで紅の跡が付き、一目で使い古したものだとわかる狐の面だ。右の耳が根本から折れて今にも取れそうだ。

ぎくりと胸が震える。

「もう、どうして……」

糸は思わず面を放り出して、頭を抱えた。

よろつく足取りで立ち上がって、部屋の隅に置いた行李(こうり)を開く。ちょうどこの面が投げ込まれた暗闇のあたりだ。

行李の一番上には、一枚の紙が置いてあった。藪の枝に引っかかっていたのを拾ってきた、あの狐の面の絵だ。

こんなもの早く捨ててしまおうと、屑入れを探していたはずなのに。

銀太がこの紙を手に取って、真剣な面持ちで憂慮している姿を見ていたら、なぜかぽいと捨てることができなくなってしまったのだ。

この紙のせいだ。

どうしてこんなものを持ち帰ってしまったのだろう。

てんててん。とんととん。

暗闇を見つめる糸の身に、太鼓の音が波のように押し寄せた。

6

昨晩あまりよく眠れなかったせいか、どこか身体がふわふわと浮くような覚束(おぼつか)ない気分だ。

糸は眠い目を擦りながら障子を開けた。

「わっ、驚いた！　熊蔵さん？　こんなところでいったい何を!?」

いきなり路地に現れた熊蔵の姿に、胸が潰れるくらい驚いた。

「す、済まねえ。そんなに驚くとは思わなかったよ。実は、藤吉の野郎と約束をしてい てね。あいつ自分から仕事の前に来いなんて俺を呼びつけたくせに、寝坊しやがって。急いで支度をするからちょっと外で待ってくれなんて言いやがるから、なんとなくこの路地をぶらぶらと……」

熊蔵は決まり悪そうに頭を搔いた。

「まあ、そうでしたか。こちらこそ大きな声を出してしまってごめんなさい」

もしかして、私はよほど迷惑そうな顔をしていたのだろうか。そんなはずはない。藤吉に締め出された熊蔵が、せっかくだからと糸に挨拶をしていこうと考えるのは、何もおかしなことではないのだから。

糸は慌てて唇に力を入れて、しっかり笑みを浮かべた。

熊蔵の顔がほっとしたように緩む。

「では、改めて、おはようございます。今日も好いお天気ですね。作事のお仕事、怪我に気をつけて行っていらしてくださいね」

「お、おう。もちろんさ！」

熊蔵が胸を張って力こぶを作って見せた。おっかさんに、いってらっしゃい、と優しく声を掛けられた少年のように、頰がほんのり赤らんでいる。

熊蔵というのは、ほんとうに心のまっすぐな男だ、と改めて思う。

糸の顔も柔らかく綻んだ。

「それにしても、藤吉兄さん、こんな朝早くから熊蔵さんに何のご用事でしょうね？」

「おっと、そこんところは俺も承知しているんだ。ちょいと内緒の話だ」

熊蔵がイネの部屋に目を向けた。

「銀太のことなのさ」

「えっ？　銀太先生がどうされたんですか？」

耳元で囁かれた名に、飛び上がりそうなくらい驚いた。

「おうっと、お糸さん、頼むよ。声を落としてくんな」

熊蔵は肝が冷えた顔をした。

「すみません。ちょっとあちらでお話ししませんか？」

ここでは落ち着いて話せない。糸は熊蔵を引っ張っていくようにして井戸端に向かった。

「それで、銀太先生と藤吉兄さんにどんな関係があるんですか？」

「ええっと、そんな改まった話じゃないぜ？　豆餅の踵の禿げのことさ。藤吉が、豆餅のことが心配で心配で飯も喉を通らねえなんて言っていやがるから、俺が、一度、銀太に診てもらえよ、って言ったのさ」

「豆餅の踵の禿げ、ですって？」

糸はぽかんと口を開けた。

「元はといえば、銀太は俺の幼馴染だからな。親方を治してもらったのをきっかけに、あいつとはたまに呑みに出る仲に戻ったのさ。人も猫もたいして変わらねえだろう、ってんで、俺から銀太に、豆餅のことを頼んでやることになっているんだ」

「熊蔵さん、銀太先生とそんなに仲良しだったんですね」

なんだかとても驚いた。

お救い所の皆の尊敬を一身に集める医者の銀太と、目の前の呑気な様子の熊蔵。この二人が気の置けない幼馴染として酒を酌み交わしている姿が、すぐには想像できない。

「ああ、そうさ。もちろん、決して触れちゃいけねえ話がある、ってのはよくわかっているけどな。あいつと話すのは、ほとんどが子供の頃の他愛(たわい)ねえ思い出話よ」

熊蔵がイネの部屋に目を向けて、肩を竦めた。

「熊蔵さん、私、実は……」

昨日からお奈々と一緒に、銀太先生のお救い所で働いているの。

そう言いかけたときに、藤吉の部屋の戸が勢いよく開いた。

「おっと、熊蔵。待たせて悪いな。やあ、お糸も一緒かい。ならばよかった。済まないが、もう少しだけ待っていてくれないか？」

「なんだ、なんだ、もう少しってのは。朝っぱらからあんまりぼんやりしちゃいられねえぜ？」

「いやあ、実は俺が着替えている間に、豆餅がふらりと散歩に出ちまってね。あいつはまったく勝手な奴さ」

藤吉が豆餅の姿を探すように軒下を覗いた。

「猫の散歩だって？　そんなもん、待っていたら日が暮れちまうよ。悪いが、銀太のところへ行くのはまた今度だ。俺はそんなに暇じゃねえぞ」

熊蔵が、銀太、の名を発するときだけ声を潜めた。

「ええっ、そんなあ……」

「うるせえ、また今度っていったらまた今度だ。必ず連れて行ってやるから、あんまり気を揉むな」

「そうかい？　頼むよ。次からは豆餅にもきちんと予定を言い聞かせておかなくちゃいけねえな。俺がちょいと甘やかしすぎたよ」

藤吉と熊蔵が親し気に喋っている姿に、銀太と熊蔵もこんな様子で朗らかに語り合っているのだろうかと不思議な気分になる。あの銀太も、仲間と跳ねるような勢いで冗談を言い合ったりするんだろうか。

「どうやら、また出直すことになったみてえだ。俺は仕事に行くよ。親方と一緒に作事に向かうってのは窮屈だからな。説教を喰らいながらの道のりほど、長いもんはねえや」

糸と熊蔵は顔を見合わせて笑った。

「もう、藤吉兄さんも豆餅も、ほんとうに勝手なんだから。熊蔵さんがせっかくこんなに早くに来てくれたのに」

「いや、いいんだよ。朝からお糸さんに会えたしな」

熊蔵の声が裏返った。わざとさりげなく言おうとしたせいで、怒っているような仏頂面だ。慌てた様子で咳払いをしたら、途端に顔が真っ赤になって目に涙が滲む。

「たいへん、お水を持ってきましょうか？」

思わず熊蔵の背に触れた。

「平気さ、平気だよ」

肩を揺らしながらどうにかこうにか息を整えた熊蔵が、照れ臭そうに笑った。

お互い目を丸くして見つめ合う。

はっとして、熊蔵の背を撫でていた手を引っ込める。

熊蔵のほうもびくりと飛び退いた。

「……わ、悪かったよ」

「いいえ、えっと、別に、そんな」

糸は額から汗が出てくるような気持ちで、慌てて取り繕った。

熊蔵は今、糸の手を握ろうとしたのだ。それを指先が触れ合ったそのときに、糸が咄嗟に振り払ってしまった。

「ごめんなさい、私、ほんとうにぼんやりしていて、何も考えていなくて、ちょっと驚いただけで……」

「おいおい、謝らないでおくれよ。俺はこのくらいじゃ、へこたれやしねえぜ」

熊蔵は大きく口を開けて笑うと、「じゃあな」と長屋の入口へ向かって一目散に駆けて行った。

7

銀太のお救い所では、常に仕事が山ほどある。

病人相手の仕事には終わりがない。数人の助手の女たちと一緒に、交代で水を飲ませたり食事を与えたり着替えさせたりと、一通りのやらなくてはいけないことを手早く済ませる。ようやく手が空いた隙に暗い顔をした病人の身体を摩(さす)ったり優しく話しかけてやりたい、と思っても、部屋のそこかしこでまた次々と助けを求める声が聞こえる。

「慌ただしくてごめんなさい、後でゆっくり来ますね」

申し訳ない気持ちで声を掛けてその場を去るが、次に戻って来たときには先ほどと同じように取り急ぎの世話をしてやることしかできない。

あの人にもっとしてやれたことがあったのかもしれない、と、悔やんでばかりの一日だ。それに己の身体を手際よく動かす方法や、無駄な手間を省く方法などを考え続けて、頭の中も大忙しだ。

そんな糸が一日のうちでいちばんほっとするのは、「今日はそろそろ終わりにしましょう」と銀太が声を掛けてくれるそのときだ。

銀太は決まって、ちょうど糸の仕事に一区切りがついたときを見計らったように声を掛けてくれる。

こちらの様子を確認する視線を感じたことは一度もないが、銀太は懸命に働くその背でお救い所の中の様子のすべてに常に気を配っているのだろう。

そう思うと、いつでも見守ってもらえているような深い安心を感じた。

その日も糸は、土間で表から聞こえる子供たちの声を心地よく聞きながら、たくさんの湯呑みに水桶の水を少しずつ移していたところだった。

てんててん。とんととん。

聞き覚えのある太鼓の音だ。

手元が縺れて、柄杓から水がばしゃりと零れた。

慌てて顔を上げると、助手の女たちが皆、不安そうな顔で周囲を見回している。

何かに気付いたような顔をして目配せをし合う者がいたかと思うと、ひとりが「たいへんだ」と呟いて、表に駆けて行った。

「駄目だ、駄目だ、ここは病人がいるお救い所だぞ！」

外で見張りの男の声が聞こえた。

つい先ほどまでの朗らかな子供の声は、気味が悪いくらいぴたりと止んでしまっている。

「銀太先生は、お忙しいんだ。あんたたちの相手をしている暇なんてねえや！」

己の名を聞いて、初めて銀太が顔を上げた。

外の喧騒に目を向ける前に、糸のほうを見た。

心配はいらない、というように小さく頷くと、ゆっくり表へ出た。

「ちょっと、あんたたち、銀太先生をひとりで行かせてどうするんだい。一緒に行っておやりよ。おかしな奴らから、銀太先生をお守りしておくれ」

　横になった病人のひとりが、糸をはじめとする助手の女たちに声を掛けた。

「そうだ、そうだ、俺たちはちょっとばかし放っておいても平気さ。銀太先生に何かあったらどうするんだい」

　先ほどまでうんうん唸り声を上げていた病人たちが、皆、銀太の背を心配そうに見守る。

「……行きましょう」

　いちばん年嵩（としかさ）の女の言葉に、助手の女たちは一斉に手に棒切れやら火箸やらを握って外へ飛び出した。糸も何とも頼りない柄杓を手に後へ続く。

「きゃっ」

　異様な光景に息を吞んだ。

　表には狐の面を被った者が十人ほど、太鼓の音に合わせて、水の中の昆布のように身をくねらせながら銀太を取り囲んでいた。

「わかりました、お話を聞きましょう。ですが病人が眠っています。太鼓の音は止めていただきます」

　銀太が丁寧に応じながらも、太鼓を叩いている者に鋭い目を向けた。

　相手は毒気を抜かれたように撥（ばち）を握った手を止めた。皆の動きもぴたりと止まる。

「銀太先生、これ以上皆を騙すのをお止めくださいませ。この世の病はすべて、我々がこの狐踊りをしたおかげで治っているのです。それをまるであなたが治したかのような顔をするのは、許すわけには参りません」

皆の真ん中にいた狐の面が、甲高い裏声を出した。

狐の右耳の先がほんの僅かに歪んで見えた。

「わかりました」

皆に不穏な雰囲気が広がるよりも先に、銀太が答えた。

「もしこれまでの私の行いがそう見えたなら、謝ります。これからはよりひっそりと、このお救い所で病人の世話をすることだけに徹します。運よく病から回復した者には、決して私の力などではないと言い聞かせます」

銀太が頭を下げた。

背後の助手の女たちが「そんな！」「銀太先生が謝ることなんてありません！」とどよめく。

あっさりと謝られて、狐の面は拍子抜けしたのだろう。しばらくぼんやりと突っ立っていた。

「よござんす。では、このお救い所を我々に渡していただきましょう。病人たちは皆さま、我々が治します。銀太先生には我々の手となり足となり動いていただくのが、よろしゅうございます」

気を取り直したように澄ました口調で言う。

「何を言っていやがる！　気は確かか？」

見張りの男が、怒るというより呆れた顔をした。

「構いませんよ」

銀太が顔色を変えずに応えた。

背後の皆が、ひっ、と叫び声を上げる。

「ですが、あまりに急なことです。今この場で私が、わかりました、と言えば済む話ではないことは、おわかりいただけるでしょう。また日を改めて、少しずつ話を進めていきましょう」

銀太が狐の面の女に向かって、教え諭すようにゆっくりと言った。

女は再びの思いもしなかった返答に、明らかに困惑した様子だ。面を外したらぽかんと口を開けている姿がわかるようだ。

「……よござんす」

女がまるで八つ当たりの場所を失って拗ねているように、ぷいと踵を返した。

「用は済みました。皆さん、帰りましょう。早くお社に戻って、皆さまの病の平癒を祈るのです」

女が空に向かって両手を掲げると、狐たちは同じ顔をして一斉にこくんと頷いた。

8

てんててん。とんととん。

林の向こうで、太鼓の音が始まった。

「銀太先生、屈してはいけません!」「あいつらは、このお救い所を乗っ取ろうとしているんですよ!」「棒切れを振り回して追い払うべきです!」「気がおかしくなった奴らなんて、相手にしてはいけません!」

気色ばんだ助手の女たちに詰め寄られて、銀太はゆっくり首を横に振った。

「おいで、皆、怖がることはないぞ」

お救い所の陰で身を縮めていた子供たちに、優しい目を向ける。

皆、子供たちの存在を初めて思い出し、慌てて大人の顔に戻った。

「銀太先生、今の不気味な人たちはいったい何でしょう?」

奈々が今にも銀太に抱きついて甘えたい、とでもいうように不安げな顔をしている。

「不気味な人なんて言ってはいけないよ。あの人たちは、ここの病人が早く治るように祈ってくれているんだ」

「おいらのおとっつぁんのために祈ってくれている、ってことかい? あのくねくねした狐たちが？」

ひとりの子供が、狐踊りの真似をしてみせた。子供たちがわっと笑う。

「形は違っても、病人を助けたいという志は私と同じだ。怖がったり笑ったりせずに真心を込めて向き合えば、きっと話が通じるはずだ」

後のほうは、大人たちに向けて言った言葉だというのがわかった。

皆、どうしたらよいかわからない顔をして黙り込む。

「銀太先生！」

汗まみれになって輪の中に駆け込んできたのは、炊事場の佐知だ。

「ああ、どうしましょう！　お葉が、あの娘がやってきたんですね！　たいへんなご迷惑をお掛けしてしまい、銀太先生にどうお詫びしたらよいやら」

川で水仕事をしている最中に知らせを聞いたのだろう。佐知の前掛けは水でひどく濡れて色が変わっていた。

「何も起きてはいないぞ。お佐知が案じることは少しもない」

「いいえ、話は聞きました。お葉の言っていることは、まったく滅茶苦茶です。今度という今度は私も黙っちゃいませんよ！　あの気味悪い狐のお面、叩き潰してやります！」

佐知が握り拳を作って見せた。

「物騒なことを言ってはいけないぞ」

銀太が真面目な顔をした。

「だって、だって、銀太先生は私の命の恩人なんですよ。こんなことって……」

佐知が頭を抱えた。

「右の耳が根本から折れてしまった狐のお面……ですか？」

糸の口から思わず言葉が漏れた。暗闇の中で手にした、古ぼけた狐の面だ。

「えっ？　どうしてそれを知っているんですか？」

佐知が怪訝そうに顔を上げた。

「やっぱり、あの人がお葉さんなんですね」

真ん中で喋っていた女の面の耳は、綺麗に直っていた。

「お糸ちゃんのところに、お葉さんの生霊がやってきたんです！　だって、お糸ちゃんは縁切り屋さんですから！　お糸ちゃんが縁切り状を書くと、送られた人の心に残ったものが見えるのです！」

「もうっ、お奈々ったら」

糸が叱りつける前に、奈々が慌てて銀太の背に隠れた。

「縁切り屋だって？」「生霊だってさ」と、子供たちはひそひそ声で喋りながら、まるで糸を妖怪か何かのように怖々と見上げた。

「あなたが縁切り屋さんですって？　でも、お葉への縁切り状は、私が己の手で書きましたよ……」

佐知が不思議そうな顔をした。

「そうです、その通りです。今回はきっと何かの間違いなんです。でも、お葉さんの心に残った狐のお面が私のところに現れてしまいました。右の耳が折れた狐のお面です」

覚えずして部屋に持ち帰ってしまった絵が脳裏を過る。

「間違いなく、右の耳が折れていたんですね？」

佐知が念を押した。

「ええ」

糸は頷いた。

「……あの狐の右の耳は、私が前に一度、へし折ってやったんです。お葉の顔からもぎ取って、力いっぱい床に放り投げてやったんです」

佐知はため息をついて、寂しそうに目を伏せた。

「お葉、そこに隠れているんだろう？　わかっているよ。今日のあんたは、まだあの紙を撒けていないものね」

佐知が声を掛けたほうに顔を向けると、藪ががさがさと動いた。

「お佐知……」

痩せてぎょろついた目をした女が現れた。声色はそっくり違ったが、着物の柄で、つい先ほど狐のお面をして取り澄ましていた女——葉だとわかった。

葉は皆の注目を集めていると気付き、慌てた様子で手に握った紙の束を背中に隠した。

「あんた、大人しく帰ったふりをして、まだそこに居座っていやがったのか？」

見張りの男に凄（すご）まれて、葉はおどおどと目を泳がせて身を縮ませた。

「え、えっと」

どうにかしてこの場から逃げ出すことはできないかと、焦っている顔だ。

今にも一目散に駆け出しそうに身体を揺らす。

「お葉さん、お面を被っていないあなたに、やっとお会いできましたね」

銀太が静かに葉に歩み寄った。

9

「どうぞ、お葉さんのお気持ちを聞かせてください」

子供たちを遊びに送り出し、興味津々の助手の皆をそれぞれの持ち場に返してから、銀太は地面に敷いた茣蓙の上に胡坐（あぐら）をかいて座った。

葉は恐る恐るという様子で銀太と向かい合う。

「お糸さんはここにいてくださいな。あなたは縁切り屋さんなんでしょう？」

佐知は糸の腕をしっかり摑むと、銀太と葉とのちょうど間くらいのところに立って二人を見守った。

「お話ししたとおりです。病人を治したのは、あなたではなく私たちです」

狐のお面を被っていない葉は、先ほどとは別人だ。虚勢を張って鋭い目を向けようとするも、銀太と睨み合うことを避けるように忙しなく首を動かしている。

「お葉さんとそのお仲間は、このお救い所の病人のために祈ってくださっているんですね。とてもありがたいことです」

「何よ。本心では、私たちのことを笑っているくせに。あなたはそうやって調子のいいことばかり言って、お佐知のことを騙したんだわ！」

葉の目に涙が浮かんだ。

「銀太先生が、私のことを騙した、だって？　お葉、私のことは何と言ってもらっても構わないさ。けれど、銀太先生を侮辱するのは許さないよ！」

「まあ、まあ、お佐知さん。ここは穏やかに」

佐知が身を乗り出したところを、糸は慌てて押さえた。

「私は決してお葉さんのことを笑ってなぞいません。ただ、同じ志を持つ者同士、もう少し歩み寄ることはできないでしょうか。どうかここで、私が私のやり方で病人を救おうと試してみることを、大目に見ていただけないでしょうか」

銀太はどこまでも下手に出る。

「嫌よ！　あなたたちを信じたせいで、おっかさんは苦しみ抜いて亡くなったのよ！　あなたたち医者は、人殺しよ！　あなたたちの好き勝手にさせせたら、お江戸じゅうの皆が殺されるわ！」

葉が銀太を睨み付けた。と、すぐに目を逸らす。

「我々を信じたせいでお母さんがお亡くなりになった、というのはどういうことですか？」

銀太が怪訝そうな顔をした。

「銀太先生、まったく、お葉が失礼を申し上げて済みません。お葉は早くに父を亡くして、母ひとり子ひとりで生きてきたんです。それが、お葉が十二の齢に、おっかさんは風邪を拗らせて亡くなったんですよ」

佐知が慌てて説明する。

「お佐知、それは違うわ。おっかさんは、あの医者に殺されたのよ」

葉がきっぱりと首を横に振った。顔が怒りで強張っている。

「殺された、なんて物騒な話じゃないさ。その医者は、とっくに耄碌した年寄りの藪医者だ、って近所で有名だったんだろう？　ただ医者の腕が及ばなかっただけだよ」

「腕が及ばない、なんて、そんな話はないわ！　医者ならば、治すのが仕事でしょう！」

「それじゃ何だい？　この世の医術が、あんたのその狐踊りに取って代わるってんなら、この世のすべての人が決して死なず、決して病に苦しむことはないって話かい？」

「ええ、そうよ。間違ったことを広めて、私たちの邪魔をする人さえいなければ、この世は正しいほうへ行くわ」

「あんた、頭がおかしいよ。話にならないね！」

佐知が力いっぱい吐き捨てた。

「よくわかりました」

銀太が二人の間に割って入った。

「お葉さん、あなたはお母さんを失って、とても悲しい思いをされたんですね。そしておそらくその医者は、己を守るために、あなたを傷つけるようなことを言ったのではないでしょうか」

「えっ？」

葉が眉間に皺を寄せた。

「とっくに手遅れだ。どうしてここまで放っておいた。あと少し早くここへ来てくれれば助かったのに。そんな、今さら口に出しても仕方がないことをわざわざ言う医者は、ただ己の身を守ろうとしているのです。己は少しも悪くない、と自身も思い込むために、病人とその家族にすべての非を押し付けるようなことを言うのです」

葉の両目から、涙がぽろりと落ちた。

「お葉、あんた、その医者に、そんな酷いことを言われたのかい？」

佐知が覗き込むと、葉は口元を両手で押さえて素早く顔を背けた。

「……お前はずっと側にいたのに、どうして何も気付かなかったんだ、って」

葉が嗚咽を漏らした。

「気付いていたのよ。おっかさんの顔色が悪いって。ご飯も食べられなくなって、いつも疲れ切っていて。でも、うちには医者にかかるようなお金はどこにもなかったから。私、毎日、近くのお稲荷さまにお祈りをしていたの。おっかさんが病気ではありませんように、って」

「お葉……」

佐知が泣き崩れる葉の背を抱いた。

「もうできることはない、おっかさんは今夜が山だ、って言い渡して、医者は帰って行ったわ。私はほんの僅かな隙を見て、お稲荷さまに飛んで行ったの。どうか、おっかさんを治してください、って。でも、もしもほんとうにもう助からないならば、そのときは、おっかさんを安らかに眠らせてやってください、これ以上苦しまないようにしてやってください、って」

「あんたのおっかさん、亡くなるときに笑っていた、んだったね」

「ええ、ずっと藻掻き苦しんでいたおっかさんは、最期に目を開けて、ありがとう、って笑ってくれたのよ。お稲荷さまのお陰だわ。おっかさんを助けてくれたのは、医者なんかじゃなくてお稲荷さまよ」

　葉が佐知の両腕を摑んだ。

「……そうだね。あんたの言うとおりだ」

　佐知が寂しげにため息をついた。

「わかってくれたのね。嬉しい」

　葉が懐から狐の面を取り出して、顔に被った。

「ねえ、お佐知、こんなところで働くのはやめてちょうだい。一緒にお社へ行って、病人のために狐踊りを踊りましょう？　私にはお仲間がたくさんいるのよ。みんな、医者に酷い目に遭わされた人たちよ。医術なんて決して信じない人たち。私たち、みんなで助け合って、世の人の幸せのために祈りながら生きているの」

「嫌だよ」

　佐知が力なく首を横に振った。

「私は、銀太先生を信じているんだ。あんたがお稲荷さまを信じているのと同じようにね」

「だから、それは間違っているの。お佐知の病が治ったのは、医者のお陰なんかじゃなくて——」

「間違っていてもいいんだ。私は、銀太先生のお陰で己の身体が治って、このお救い所でたくさんの病人が治っていく姿も目にした。だから、銀太先生を信じたいんだ。お葉の言うことは納得できない」

「納得できない、ですって？　違うのよ、私の言うことがほんとうなの！　お佐知は騙されているの！」

「お葉は己の道を行くといいさ。私も己の道を行く。一緒には行けないよ」

「ねえ、そんな冷たい言い方をしないで。私、お佐知の身体のことを心から心配して、何日も何日も祈っていたのよ？　私、お佐知を救いたいの。あなたに、いつかの私みたいな目に遭って欲しくないのよ」

葉が顔を真っ赤にして詰め寄った。

「お葉、ありがとう。明日の命もわからないようなこのご時世に、あんたが私を想ってくれたその心は、ほんとうに嬉しいよ。私もあんたが決して病になんてかからないように、これから毎晩願うさ」

佐知が葉の手を握った。

「ありがとう……ですって？」

「ああ、そうだよ。ありがとう」

葉が、狐の面の奥で、うっと唸って俯いた。

「私、結局、お佐知のことを救うことはできないのね」

「いいのさ、私がただの頑固者なんだよ」

佐知は葉の頭をぽんと叩くと、銀太と糸に向かって小さく頷いた。

10

「皆さん、きりの良いところで一休みをしましょうか。朝からずっと動き続けて疲れたでしょう。お佐知さんが握り飯をこしらえてくれていますよ」

病人たちに昼の汁物を食べさせ終わった頃、銀太が皆を見回して言った。

「握り飯だって？　嬉しいねえ」

「そういえば、腹が減って眩暈がしそうだったよ」

助手の女たちの口元にほっとしたような笑みが浮かぶ。

前掛けを外して表へ出ると、炊事小屋の前にいた子供たちが一斉にこちらに手を振った。

「握り飯はこちらですよお。皆さまの分、ちゃんとありますので慌てずにいらしてくださいね」

先頭に立った奈々が、ひとりひとりに葉蘭(はらん)で包んだ大きな握り飯を渡す。

「お糸ちゃん、この葉蘭の包みは奈々がお手伝いをしたんですよ。まだまだお佐知さんのように上手くは包めませんが、たくさん練習して技を身につけておけば、いずれ握り飯屋さんを開くときに使えるかと思います」

葉蘭の包みは竹細工のように、艶やかにしっかり結ばれている。

「器用なものねえ。売り物みたい。さすがお奈々だわ」

糸が感心して頷くと、奈々は心底得意げに目を見開いて「いえいえ、それほどでも」と答えた。

「あっ……」

奈々が林に目を向ける。

藪の中から、狐の面がこちらを覗いていた。

お葉ひとりではない。二人、三人、……十人近くの仲間が皆揃っている。

前のように太鼓を鳴らして徒党を組んでいるわけではなく、皆がてんでばらばらになって、ただこちらの様子をじっと窺っている。

今にも大口を開けて握り飯に齧りつこうとしていた助手の女たちが、不安げに顔を見合わせた。

「ありがとうございます！」

場違いな言葉に振り返ると、お救い所から出てきた銀太が狐たちに向かって笑顔で手を振った。

軽い足取りで林に近づこうとする。

と、狐たちは怯えたようにさっと姿を消した。

「ああ、すみません。わかりました。私は戻ります。皆さんは安心してそこにいらしてください」

銀太が後ずさりをした。

それに合わせてそこかしこでぽつぽつと花が咲くように、狐の面が再び現れる。

「銀太先生、あいつらはいったい……」

助手の女のひとりが、怪訝そうな顔で訊いた。

「あの方々は、このお救い所の守り神ですよ。あそこで病人たちを治すために祈りを捧げてくださっているんです」

銀太が林に向かって手を合わせた。

狐たちがまるで海の中の海藻のように、静かに身をくねらせた。

「へえっ、まあ太鼓を叩いて大騒ぎなんてせずにそこで黙って踊っている、ってだけなら、こっちには害はありませんよ。気味悪いっちゃ気味悪いですがね」

女たちは顔を見合わせた。

「気味悪いっていうよりか、あれじゃあお笑い草だよ」

ひとりがぷっと噴き出した。

「己がやっていることが素っ頓狂なことだ、ってちっとも気付いていないんだからさ」

「いけません」

銀太が厳しい目で首を横に振った。

「あの方々は、病人を静かに過ごさせて欲しいという私の願いを聞いてくださいました。また私のやり方も見守ってくださっています。つまり客人です。客人を笑ってはいけません」

女たちは慌てて口を噤む。

狐たちが銀太の言葉が聞こえたように、また身をくねらせた。

子供たちだけがまるで本物の狐を見つけたように、嬉しそうにあははと笑う。狐の真似をして剽軽に躍ってみせる。まるで狐たちと子供たちとが一緒に遊んでいるようだ。

「お葉……」

声がした方に顔を向けると、炊事小屋の入口で佐知が立っていた。

「お葉、ありがとうね」

佐知は両掌で口元を押さえて、小刻みに身を震わせた。

「おうい、銀太先生はいるかい？」

　ふいに呑気な声が響き渡ったかと思ったら、狐たちの姿が幻のようにさっと消えた。

「熊蔵か？　どうしてお前がここに？」

　――嘘でしょう。

　目を丸くした銀太に、糸のほうも飛び上がるくらい驚いた。

「おうっと、銀太、仕事中かい？　なんだ、昼飯どきか。お邪魔をするね。ちょっくら銀太に頼みてえことがあってな。こいつの猫のことなんだけれどな」

「銀太先生、初めまして。藤吉と申します。こちらは私の大事な相棒の豆餅です」

　熊蔵に伴われた藤吉が、豆餅を胸に抱いてぺこりと頭を下げた。

「なんだい、あの男たち。猫なんて連れてきて」

「呑気なもんだよ、ここは病人が集まるお救い所だってのに」

「猫を診ろだなんて、銀太先生に失礼だよ」

　女たちが少々意地悪そうな顔で、ひそひそ話を始めた。

「銀太先生、どうか豆餅の踵の禿げを治してください」

　藤吉が真剣な面持ちで頭を下げると、女たちが「踵の禿げだって？」とあまりの馬鹿らしさに呆気に取られた顔をした。

「診せてください。豆餅、済まないが脚を触るよ」

　銀太は嫌な顔ひとつせずに、豆餅の後ろ脚を確かめた。

しばらく検分してから、「赤みも腫れもない。ただの座り癖です。豆餅は壮健そのものですよ」と力強く言い切る。

藤吉が、わあ、と歓声を上げて豆餅をひしと抱き締め頬ずりをした。

「豆餅、よかった、よかった。ああ、これで安心だ。銀太先生、ありがとうございます」

「また何かあったら、いつでもここへ連れてきて構いませんよ」

銀太は気持ち良く応えて、迷惑そうな顔をした豆餅に指先で手を振った。

「おう、銀太、ありがとうな。忙しいところ悪かったよ」

豆餅を撫で回す藤吉を押し退けて、熊蔵が頭を掻いた。

「いいんだ、お前が気にしていたのは、猫じゃなくてその男が憂慮しすぎているほうだろう？」

銀太が悪戯っぽく声を潜めた。

「やっぱり、わかっちまったか。こいつはどうにも気が細くてね。悪い奴じゃねえんだけどなあ」

銀太と熊蔵は顔を見合わせて笑った。

と、熊蔵がふいに気付いてぎょっとした顔をした。

「お糸さん!?　どうしてあんたがここに？」

「こちらに奈々もおりますよ！」

奈々が間髪容れずに子供たちの輪からぴょんと飛び上がって叫んだ。

「へっ!?　こりゃ、いったいどういうことだい？　二人が銀太のところで働いていたなんて、そんなこと、俺はちっとも……」

「おや？　もう十日になりますよ。お糸ちゃんから、とっくに聞いているかと思っていました」

奈々が不思議そうな顔をして、糸と熊蔵の顔を交互に見た。

第三章　紅

1

久しぶりの雨の日だ。

春の雨は暖かい。雨の日は岩助の大工の作事が休みなので、右隣の部屋の二人がのんびり嬉しそうに過ごしている声が聞こえるせいもあるだろう。

「それでは、おとっつぁん、奈々はそろそろお仕事に行かなくてはいけません。いくら雨の日でも、苦しんでいる病人の方々は待ってはくれませんからね」

今日は奈々をはじめとする子供たちは、屋根のある炊事場で佐知の手伝いをすることになっていた。

佐知は子供たちに家の仕事を丹念に教えてくれているらしい。このところ、奈々が作り過ぎた夕飯を糸のところへ届けてくれる、なんてこれまでとはあべこべの日もあるほどだ。

しっかり味が染みた煮物に、丁寧に出汁を取った味噌汁。

菜の大きさがてんでばらばらなところを除けば、子供が作ったとは思えない美味しいおかずだ。

　こうして少しずつ、奈々は私の知らない世界を運んできてくれるようになる。慣れないお救い所の仕事でくたくたに疲れた糸にとって、奈々のお裾分けは大助かりだ。「わあ、ありがとう！　お奈々さまさまだわ」なんて歓声を上げながら、「いいのですよ」と得意げに鼻の穴を膨らませた奈々をとても頼もしく思う。同時にほんの少しだけ寂しくなるこの気持ちを、微笑みとともに噛み締める。

　子供が成長するというのはしみじみ幸せなことだ。奈々を残して火事で亡くなった母親は、どれほど奈々のこんな姿を見たいと思っていただろう。

　糸は胸の内でそっと手を合わせた。

「仕事へ行くお奈々を見送るなんて、なんだか妙な気持ちだなあ。気をつけて行って来いよ」

　身支度を終えた糸が表へ出たのと、右隣の戸が開いたのとは同時だった。

「やあ、お糸さん、生憎(あいにく)の雨だねえ。お奈々を頼んだよ。悪いが俺は、ちょっくら二度寝とさせてもらうよ」

　岩助が肩を竦めて笑った。

「もちろんです。普段、お休みもなく働いていらっしゃるんだから、こんな日くらいゆっくりなさってくださいな」

糸もにこやかに応じた。

今度は長屋の入口の木戸に近い部屋の戸が開いた。

「それじゃあ、豆餅、ちょっと待っていておくれね。すぐに戻るからね。悪いが両手が塞がっているから中から戸を閉めておいてくれ……ってそれはお前には頼めないかねえ。えっと、それじゃあ、こうやって、こうやって」

両手に椀を手にした藤吉が苦心した様子で肩を使って戸を閉めてから、雨の中を駆けてきた。

「藤吉兄さん、おはよう！　あらあら、そんなに濡れて。何を持っているの？」

慌てて蛇の目傘を開いて藤吉に差しかけた。

「魚のほぐし身……猫たちの餌ですね！」

奈々が、藤吉が手にした椀の中をすばしっこく覗き込んだ。

「そうさ、おイネ婆さんのところの大丸たちの餌だよ。あそこんちは羨ましいことに猫が三匹もいるからね。もうあと一匹分、家に取りに戻らなくちゃいけないんだけれどな」

「どうして藤吉兄さんが、おイネさんの猫たちのお世話を？」

そういえばここのところ、一切イネと顔を合わせていない。

左隣の物音で普段通りに暮らしていることは知っていたが、奈々と一緒に朝早くに家を出て夕暮れ近くに戻る生活のせいで、すっかりイネに会う機会を逃してしまっていた。

「まさか、おイネ婆さまのお身体に何か……」

　奈々の眉間に深い皺が寄りかけたところを、藤吉が慌てた様子で大きく首を横に振った。

「いやいや、そんなにおっかないもんじゃねえさ。実は、おイネ婆さんの右目にでっかいものもらいができちまってね。ものもらいってのは、前が見えにくくなるだろう？　あの齢で家の中ですっ転んだら大変だ、ってんで、俺が手伝いに行っているのさ」

「ものもらい、でしたか。ならばまあ良かったです。藤吉さん、優しいですね」

　奈々が、ほっとした顔をした。

「俺のほうも、船が遅れて木挽(こびき)の仕事は待ちぼうけよ。暇を持て余しているもんでね。豆餅を連れてお茶でも飲みながらおイネ婆さんの猫談議を聞いている、ってのも、なかなかこれから先の学びになるさ」

　藤吉が歯を見せて笑った。

「それでは、おイネ婆さまにどうぞよろしくお伝えくださいな。もうしばらくして、お救い所の仕事が落ち着きましたら、奈々もまた存分に遊びに伺いますね」

　奈々が、お救い所、と言ったところで、糸の身がぎゅっと強張った。

　結局、まだイネに銀太のお救い所へ通っていると話すことができていない。間が開けば開くほど、わざと隠しているような妙な雰囲気になってしまう。

「おーい!」

ふいに、路地に熊蔵が飛び込んできた。

お互いはっと顔を見合わせてから、少々気まずい笑みを浮かべる。

「お、おう、お糸さん、おはよう! ところで親方! 親方はいるかい?」

熊蔵はすぐに弟子の顔になって岩助を呼んだ。

「なんだ、なんだ、急な話か? どこの作事場だ?」

岩助も先ほどまでの優しい父親の顔から、厳しい職人の顔になる。

「いや、違うんです。実は今朝方、焼け跡で、これを見つけたんですよ」

熊蔵が懐に手を入れた。

「今朝方、だって? こんな雨の中、いったい何を?」

「いやあ、散歩ついでの暇つぶしみてえなもんです。雨の日ってのは、土が流れて、今まで見えなかったもんがよく見える、ってもんでね」

「あっ!」

奈々が甲高い叫び声を上げた。

熊蔵が差し出したのは鼈甲(べっこう)の櫛だ。一応、表面を綺麗に水で流したには違いないが、いくつかの櫛目の間や彫り物の隙間には真新しい黒い土が詰まっている。

「うわーん!!」

奈々が灰色の雨空に向かって、吠えるように声を上げて泣いた。

「おっかさん、おっかさん！　うわーん！」

「お奈々――」

岩助が奈々を強く抱き締めた。そのまま抱き上げて熊蔵の差し出した櫛を手に取る。

「……熊、ありがとう。これは、間違いなく女房の櫛だ」

唸るように、喉から声を絞り出すように言う。岩助の目に涙が浮かんだ。

「形見になるもんなんて、一切残っちゃいねえと思っていたが。ありがとう。恩に着るよ」

岩助は笑顔で言ってから、顔を歪めて肩を震わせた。

2

あれから奈々はどうにかこうにか泣き止んで、糸と一緒にお救い所に出かけた。

一日の仕事を終えて長屋に戻る頃にはけろっとした顔をして、水たまりを飛び越えて遊んだりなぞしていたので安心していた。だが糸と別れて部屋に戻ったそのときからずっと、薄い壁越しに奈々のすすり泣く声が聞こえていた。

「おとっつぁん、どうしておっかさんは亡くなってしまったのでしょうか。奈々は、おっかさんに会いたくて会いたくてたまりません」

普段の大人びた姿からは想像できない奈々の幼い泣き声に、胸が締め付けられるような気がした。

「おっかさんは何か悪いことをしたのでしょうか。それとも、奈々が悪い子だったからおっかさんは……」

「馬鹿なことを言うんじゃねえさ。みーんな、何も悪くねえんだ」

ずっと黙っていた岩助が、寂しげに応えた。

「みんなが何も悪くないのに、こんな悲しいことが起きるなんて。奈々は、この世が信じられません」

わっと泣き崩れる奈々の声がくぐもった。きっと岩助が太い腕で力強く抱き締めてくれているのだろう。

家族をふいに失うというのは、何よりも辛いことだ。

まだまだ甘えたい盛りで母親を失った奈々の嘆き悲しみはもちろんのこと、岩助の涙を目にして、初めて岩助と女房との間に通っていた深い想いに触れた気がした。

かつて岩助は、糸に言っていた。

「その時が来れば、きっとわかるさ」

糸が「誰かを好きになるというのは、どんな気持ちなのでしょう」と訊いたときの答えだ。

「こいつは己にとって他の誰ともまったく違う相手なんだ、って間違いなくわかるのさ」

あの言葉を口にしたときの岩助は、どこか奈々を思わせる、少年のように得意げな雰囲気が漂っていた。まっすぐに誰かを想い、そしてその相手に想われたことのある、満たされた顔つきだ。

糸の胸がちくりと針で刺されたように痛んだ。

己の胸元に両掌を重ねる。

覚えずして糸の目にも薄っすらと涙が浮かんだ。

「おいっ、おいっ！　お糸はここかい？」

とっくに日が落ちた刻にしては、無遠慮なまでに乱暴な声だ。

「おいっ、縁切り屋のお糸ってのは、ここにいるんだろ？　仕事を頼みたいんだよ。早く戸を開けておくれ」

中年の男の声だ。

糸は慌てて目頭に滲んだ涙を拭いた。

「ええ、はい、何かご用でしょうか？」

用心のために少し声を低くして、戸を細く開ける。

「縁切り状、だよ。急ぎで頼むよ。俺は六軒町で小間物屋の出店をやっている辰吉だ」

現れた辰吉という男は、むっとした顔をして、糸を手で払うように図々しく土間に上がり込んだ。

「何だい？　妙な顔だね。ここは、縁切り屋なんだろう？　早くしておくれよ。俺は、そんなに金払いが悪そうに見えるかい？」

男の手には、奈々の書いた引き札が握られている。何のことですか？　なんてとぼけてやりたいくらい嫌な雰囲気のお客だが、その引き札を持っているなら仕方ない、と、糸は渋々頷いた。

お救い所に通うようになってから、奈々は、ほとんど引き札を撒きに行く暇がなくなっているはずだ。

辰吉が手にしているその引き札だって、ずいぶん前のものに違いない。それでもここを探し当ててやってきたというのは、きっと何かの意味がある。

「どなたへ縁切り状を書きましょうか」

先ほどまですすり泣きが聞こえていた隣の部屋が、ぴたりと静まり返った。

しいっと目配せをしながら聞き耳を立てている父子を思い浮かべて、少しだけ心が和む気がした。

「お弓、俺の女房だよ。縁切り状の文面は、至ってありがちな三下り半で構わねえさ。

俺のほうは、とっとと家から出ていってくれさえすりゃ、他に言うことは何もねえんだ」

辰吉が苛立（いらだ）った顔で言った。

「ええっと、そうだ！　今すぐに出て行け、一刻も早くに出て行け、ってそんな文面だけ追加で入れてもらおうかね。こっちにも都合があるんだ。もたもたしてもらっちゃ、困るのさ。次がつかえているもんでね」

辰吉が好色そうな顔でにやりと笑った。

「次、ってどういう意味ですか？」

何かの聞き間違いだ、と思いつつ、糸は眉間に皺を寄せた。

辰吉はそんな糸の顔をどこかしてやったりという様子で、面白そうに眺める。

「次、ってのは、次の女のことさ。早く俺と一緒に暮らしたくてたまらねえ、って女が、お弓が出て行くのを、首を長くして待っているんだよ」

「まあ……」

つまり他に女ができたせいで、お弓という今の女房が邪魔になったということか。

呆れてものが言えない。

「引っ越しの金くらいは出してやるつもりさ。幸いお弓との間に餓鬼はいねえからな。お弓も俺みてえな不実な男のことなんて忘れて、新しく出直したほうが幸せさ」

辰吉はへらへら笑っている。

この辰吉の言うとおりに違いない。たとえどれほど情が残っていたとしても、こんなろくでもない男と無理に一緒に暮らしていては、幸せとは程遠い。

まったく、どうしようもなく酷い男だ。

岩助が亡くなった女房を想う気持ちの深さに心を動かされた直後とあって、より苛立ちが募る。

いったいどうしてまた、こんな男と縁を結んでしまったのですか。こんな男のところからは、すぐに逃げ出すべきですよ。

糸は顔を見たこともない弓という女に、心から同情した。

「わかりました、三下り半をお書きしますね。すぐにできますよ」

冷たい声で言った。

辰吉は糸の憤った横顔を楽しむように、「ありがてえ。よろしく頼むよ」とにやにや笑った。

3

「あんた、名はお糸、って言ったね？　なかなかの別嬪さんだ。もう、好い人はいるのかい？」

框に腰掛けて墨が乾くのを待ちながら、辰吉がいかにも女慣れした様子で訊いた。

糸は作り笑いを浮かべて、辰吉のほうを見ずに小さく首を横に振った。

いいえ、というのではなく、そんなことあなたには関係ないでしょう、というつもりの仕草だ。

「おっと、俺は、ずいぶん嫌われているねえ」

当たり前でしょう、と胸の内で呟きながら、糸は曖昧な表情を浮かべてそれにもろくに答えなかった。

「あんたみてえな生娘(きむすめ)からしたら、男と女の仲ってのは、ずいぶんと汚く見えるだろうね。その通りさ」

そんなことないわ。この世には岩助さんと亡くなったお内儀さんのような、周りの胸を熱くするような二人もいるわ。

糸はむっとした心持ちで、「そんなことはありませんが」と、心の籠らない口調で答えた。

「お弓に岡惚(おかぼ)れしたのは、そもそも俺のほうよ。俺がお寺の参道で出店を開いていたときに、友達と足を止めたのがお弓でね。こんないい女、ってのがこの世にいるかと思ったよ」

辰吉がぼんやりと虚空を見た。

「いい女、って言っても、女郎屋や水茶屋にいる派手な身なりの若い女とはちょいと違うんだ。出会った頃はもう二十をいくつか超えていたんだが、地味な鮫肌小紋に真っ赤な珊瑚の帯留めをした小粋な女でね。肌は抜けるように白くて、何より唇の紅がとろりと溶けた干し柿みてえな、何ともいえねえ橙色に見えたのさ」

「へえ、そうでしたか」

糸は冷めた声で言う。

「けどな、女ってもんはつまんねえもんだよ。所帯を持った途端に、お弓は色褪せちまったんだからな」

「色褪せるですって？」

思わず眉を吊り上げた。

「おうっと、ほんとうのことを言っただけさ。怒らないでおくれよ。ああ、怖い怖い」

辰吉が怯える真似をしてみせた。

「別に、怒ってはいませんよ。私には関係のないことですし……」

勢いよく鼻から息を吐いて、あれ？　と思う。

心ノ臓が足踏みをしているように、だんっ、と鳴る。口元に力が籠る。

これは間違いなく、人が怒っているときの様子だ。

「今の女は、行商に出た先で出会った、馴染みの女郎さ。おつむのほうはあんまりなんだが、何より男好きでね。俺がいなくちゃ生きていけねえ、って寂しがり屋よ。昼も夜も手前が身を飾って、俺に褒められることばかり考えてやがるから、可愛いもんさ」

辰吉は片頰だけを歪めて不敵に笑った。

「辰吉さん、ほんとうにそれでいいんですか？」

糸が急にこんなに強い調子で喋り出すとは思っていなかったのだろう。辰吉が驚いたように糸の顔を見た。

「辰吉さんとお弓さんの仲が終わってしまうことは、仕方のないことなのかもしれません。でも、一度は想いを通わせたお内儀さんのことをそんなに軽々しく言うなんて。それに新しいお相手だって、辰吉さんの口ぶりではとても大切にしているようには思えません」

「へえっ！」

辰吉が目を丸くした。

「縁切り屋ってのは、客にお説教までするもんかい。あんたみてえな仕事の人ってのは、もっと淡々と己の気持ちなんて脇に置いて、他人の縁をばっさばっさと切っていくもんだと思っていたよ」

「私だって、普段はそうしています。でも……」

「でも、何だい？」

辰吉が興味深そうに身を乗り出した。

「辰吉さんは、私がこの縁切りをどう思っているのか、とても気になっているように見えましたので。私が知らんぷりをしていたら、もっともっと、心にもない意地の悪いことを言い出すように思えました」

辰吉は呆気に取られた顔をした。

「そ、そうなのかい？　なんだか、腹の内を探られちまったようで気味が悪いねえ」

辰吉は誤魔化し笑いを浮かべた。

「辰吉さん、縁切り状というのは、一度送ったらそうそう取り消すことはできない、とても重いものです。人の縁を切るというのは、どちらにも大きな痛みを伴うものなんです。馴染みの女郎さんに急かされたから、なんて理由で軽々しく送り付けるものではありません。どうかこれをお弓さんに渡す前に、もう一度ゆっくり考えてみてください」

なんだか私らしくもない、と思いながら、糸は身を乗り出した。

「うるせえなあ、説教はもういいさ！」

辰吉は、糸が差し出した縁切り状をひったくった。

「男と女の仲ってもんは、いずれ冷めるんだ。それで、一度冷めちまったらそこまでなんだよ。二度と元に戻ることはねえ。あんたもいつか、俺の言ったことがああこれだったのか、ってわかるときが来るさ」

辰吉は面倒くさそうに言い放つと、「これでお弓なんかとはおさらばだ、せいせいするぜ」といかにも悪人らしい顔で嘯いた。

4

「お世話になりました。銀太先生は命の恩人です」

ここへ来たときよりも少々肥えて骨もしっかりした少年に伴われて、病み上がりの白っぽい顔をした母親が深々と頭を下げた。

「それは違います。ただ、あなたの身体が懸命に病と闘ったというだけですよ」

銀太が静かに首を横に振ってから、「おっかさんはまだまだ家で、養生が必要だ。しっかり助けてやっておくれよ」と少年に念を押した。

少年は目を大きく見開いて、「はいっ」と頼もし気に頷く。

幾度も幾度も振り返っては頭を下げる母子が林の奥に見えなくなったところで、銀太は初めてほっと息を吐いた。顔に笑みが広がる。

「病から立ち直った患者を見送るこのときが、私は何よりも幸せです。あの母親がここへ運び込まれたときは、もはや覚悟をしなくてはいけないという状態でした。そこから、あそこまで持ち直すなんて。命というのは強いものです」

銀太の目頭には薄っすらと涙まで浮かんでいた。

その様子に糸が驚いたのがわかったのか、銀太は「達者でいろよ」と、わざと兄のように朗らかな声を出して、もう見えない母子の背に大きく手を振った。

「お恥ずかしいところをお見せしました」

銀太が照れくさそうな顔をして、親指で目頭を拭った。

「銀太先生でも、涙ぐまれたりすることがあるんですね」

糸は眉を下げて優しく笑った。

常に平静な心で、患者に、病に向き合っているはずの銀太が母子の無事を祈る涙に、己の胸まで温かくなった。

「皆の前では決して泣けません。私は医者ですから」

糸は銀太の顔を見上げた。

銀太にとって私は、「皆」と呼ばれたお救い所の仲間には含まれていないのだ。やはりどこまでも私は、縁を切った母のご近所さん、という胸に引っかかる存在なのかもしれない。はたまた、かつてお世話になった縁切り屋さん、というどこか負い目のある相手なのか。

仲間に入れないようで寂しく思う半面、どこか特別な存在になったようで嬉しくもある。不思議な感覚だった。

「お糸さんはとても美しい。こちらまで嬉しくなるような幸せなものを湛えていらっしやる。あなたといると、いつの間にか気持ちが解れてしまいます」

「えっ？」

糸は息を呑んだ。何かの聞き間違いかと耳を疑った。

頬がかっと熱くなる。何を驚いているの、ただのご挨拶に過ぎないわ、と思えば思うほど、顔の赤みが増すのがわかった。

「失礼、からかうつもりはありませんでした」

銀太が驚いたような顔をした。

「常日頃から熊蔵に、耳にたこができるほどあなたの話を聞かされているものでして。熊のくせに幸せそうで羨ましいものだ、と苦々しく思っていたのですよ」

銀太が優しい目で苦笑した。

「熊蔵さんが、私のことを、ですか……？」

「ええ、いつもいつも、あなたとどこへ行った、何を話した、なんてそんなことばかりを、顔を真っ赤にして話していますよ。こちらはそんな華やいだことが起きる暇もなく、日々働きづめだというのに。あの男はまったくいい気なもんです」

言いながら、銀太が不思議そうに首を傾げた。

「どうされましたか？　そんな困った顔をして」

「い、いえ。何でもありません。実は、代書の仕事で少し悩んでいることがありまして。

今、何の前触れもなく、急に……。ふと、そのことを思い出してしまっただけです」

糸は慌てて筆を走らせる仕草をしてみせた。

「縁切り屋さん、のお仕事ですか？」

銀太が少し真面目な顔をした。

「ええ、とても自分勝手なことを仰るお客さんでした。縁切り状を書くことは書いたものの、しばらく胸がざわついてしまって、昨夜はうまく眠れなかったんです」

熊蔵の名を聞いて怪訝な気持ちになってしまったのを誤魔化すためとはいえ、己の仕事のことをぺらぺらと話すのは良くないことだ。

口に出し始めてしまってから、慌てて細かい所をぼかすような話し方をした。

「相手にぴたりと心を寄り添わせることだけが、正しい姿というわけではないでしょう。時には敢(あ)えて心を無にしなくてはいけないときもあります。これは私の仕事も同じですが」

銀太がひと言ひと言を考えるように言った。

「銀太先生ならどうされますか？　病人の考え方にどうしても納得がいかないとき、どうされますか？」

昨夜私は、辰吉にそれは違うのではと意見をしてしまい、「説教はもういいさ！」なんて言われてしまったのだ。

普段の己ならば、客の縁切りに口を出すなんて、決してしなかったことだ。

「私の仕事は、病人が身体を治す手伝いをすることです。それ以外のところでは、決してその人となりに関わってはいけない、立ち入ってはいけないと、常に肝に銘じています」

糸は、もっともです、という気分で頷いた。

誰からも尊敬される優れた医者の銀太でさえ、そう決めているのだ。私なぞが辰吉と弓の仲に関わろうとしてはいけない、と思う。私の仕事は縁切り状を書くところまでだ。関わらず、立ち入らず、放っておけば良いのだ。

「ですが、いつだってそれがうまくできるというわけではありません」

銀太が目を閉じた。瞼の裏にはさまざまな思い出が過っているのだろう。すべてを受け入れるように力なく笑った。

「いけないと思いながらも、患者の考えに口を出して相手を怒らせてしまったり。余計なお節介を焼いてしまって面倒がられたり。時には礼金のことなんてすっかり忘れて、やりすぎなほど患者に尽くしてしまったこともあります。どれも、あの頃の私はなんて若かったのだろう、と苦い思い出です」

「銀太先生は、今ではその頃のことを後悔されていますよね？　もっと賢く、平静に立ち回るべきだったと思っていらっしゃいますよね？」

「いいえ」

銀太が糸をまっすぐに見た。

「とても恥ずかしい思い出ではありますが、後悔はしていませんよ。人というのはそういうものですから」

首を傾げた糸に向かって、小さく頷く。

「私は神や仏ではなく、血の通った人です。人というのは、結局、面倒で厄介なものなのです。今の私は、これまでの苦い経験から、それをなるべくうまく運ぶ方法を試しているだけに過ぎません」

「人というのは、結局……」

糸は銀太の言葉をゆっくり繰り返した。

「面倒で厄介で、そして、なかなか良いものです」

銀太が歯を見せて笑った。

5

奈々を長屋まで送り届けてから、夕暮れ時の六軒町へ向かう。

裏通りの長屋のそこかしこから、湯気を含んだ夕飯の美味しそうな匂いが流れ出す。

辰吉が弓と暮らしているという長屋の路地を覗き込むと、ひとりの女が部屋の前に畳んだ掻巻をどさりと出したところに出くわした。

「お弓さん、明日は雨だよ。そんなところに掻巻を出しっぱなしにしておいちゃ、いけないよ」

近所のお内儀さんのひとりが言うと、弓は「ありがとうね、けど平気さ。日が暮れる前に、古道具屋に持って行ってもらう約束なのさ」と、答えて、掻巻の上にさらに畳んだ着物を幾枚も重ねた。

「引っ越しかい？　急な話だねえ。次はどこに移るんだい？　ご亭主の仕事は変わらないんだろう？」

「いやいや、ちょっと片付けをしていただけだよ」

「へえ？　年の瀬でもあるまいし、ずいぶんと派手に片付けるねえ。あんたたち、もしかして何かあったのかい？」

「何もないよっ、それじゃあ私はちょっと出てくるから、またね」

弓は作り笑いを浮かべると、早足で路地を進んで来た。

きりりと結んだ唇に目が惹(ひ)かれる。

辰吉が言ったとおり、まるでとろりとした干し柿のような、甘い甘い蜜柑(みかん)のような、艶(あで)やかで美しい唇だ。思わず見惚(みと)れていると、鼻の付け根や小鼻の膨らんだあたりに眉墨で薄く影が刷(は)かれているのがわかる。下瞼には髪の毛ほどの細さで目張りも入れてあり、目尻にはまるで肌が上気したような桃色の紅を乗せている。

己の顔のつくりを知り尽くして、それに合わせて控えめな化粧を丁寧に施している弓の姿は、糸にはとても大人びて見えた。

華やかで気が強そうな隙のない顔立ちなのに、同時に艶やかで情が深そうな女らしい色香に溢れている。

弓は糸がいつか齢を重ねたらこうなりたいと憧れるような、美しい女だった。

お弓さん、と声を掛けようとしたところで、弓が急に駆け出した。着物の裾を押さえて走るほどの速さだ。

慌てて物陰に隠れながら追いかける。

辿り着いたのは、東本願寺の外れにあるひなびた一杯呑み屋だった。

弓は自棄(やけ)になったような大股の足取りで店に入っていく。

しばらく迷ってから、跡を追って一杯呑み屋の暖簾(のれん)を潜(くぐ)った。

店の隅の席で、弓がお猪口を傾けてぼんやりとしていた。

「ここ、よろしいでしょうか」

糸が恐る恐る声を掛けると、弓は「もちろんだよ。男連れじゃなけりゃ大歓迎さ」と気さくに笑った。

「ちょうど熱燗(あつかん)を入れてもらったところなんだよ。ちょびっとずつ飲んで冷めちまったら寂しいからね。良かったら一杯どうだい？」

「まあ、ありがとうございます」と頷いた。

二人で乾杯をしてお猪口に口を付ける。喉元がぽっと熱くなった。

「おっと、大人しそうな見かけによらず、いい飲みっぷりだね。気に入ったよ。私は弓ってんだ。あんたは？」

「糸と申します」

そうか、お猪口のお酒というのは一気に飲まなくても良かったのか、とこっそり熱い息を吐いた。

「お糸？　あんたの名を聞いたことがあるよ。あんたもしかして……」

弓が怪訝そうな顔をした。

「縁切り屋のお糸、です」

どうか許してくれるように、と祈るような気持ちで言った。

辰吉の縁切り状にどうしても納得が行かなくて、ここまで来てしまったのだ。お節介は百も承知だ。この場ですぐに席を立たれてしまっても仕方ない。

「そうだ、縁切り屋のお糸さんだ。亭主の辰吉が言っていたさ。あんたの書いた縁切り状はきちんといただいているよ、今さら私に何の用だい？」

弓は寂しく笑って、勢いよくお猪口を空けた。辰吉の心変わりも縁切り状のことも、すべて受け入れると決めた顔だった。

やはり表に出していた掻巻と古着は、引っ越しの支度だったのだろう。

「お弓さんのことが気になってしまったんです。辰吉さんの、離縁をしたいという言い分にはどうしても納得できなくて……」

「事情はすべて承知ってことだね。あの人は私のことをどう言っていた？」

肘をついてにやりと笑った。

「え、えっと、初めて見たそのときに、あっという間に岡惚れしてしまったような綺麗な方だった、なんて仰っていましたが……」

「それで、所帯を持った後はどうなったって？」

糸はうっと黙り込んだ。

「お糸さん、あんたは化粧をしないんだね。化粧なんてしなくても、肌が綺麗で唇も桃色。羨ましいもんさ」

腕を上げてお運びの娘を呼びつけて、「もう一本頼むよ」と早口で言った。

「辰吉は、私の顔がどうしても嫌いだったのさ。化粧を落とした素のままの顔がね」

「お化粧ですか？　そんな……」

「気持ちはわからないでもないさ。私の素の顔ってのは、二目と見られない醜女(しこめ)だからね」

可笑しそうにけらけら笑う。

「お弓さんは、そんなにお美しいではありませんか」

「ぜーんぶ化粧のお陰だよ。私の元の唇の色は、血を吸った蛭みたいな気味悪い紫色さ。鼻は大きく真ん丸で、目はちっちゃくて小豆みたいだ。そんな醜い顔をいつも見ていたせいで、あの人はげんなりしちまったんだ」

「そんなことってあるんでしょうか？　夫婦って、相手の顔立ちがどうこうというつまらないお話を越えた、もっと深い結び付きではないんですか？」

顔を赤くした弓が、ぷっと噴き出した。

「お糸さん、あんた生娘だね」

糸の背を力いっぱい叩いて笑う。

「夫婦ってのは、そんな大層なもんじゃないよ。面倒で厄介なもんさ」

「面倒で、厄介……」

「ついこの間まで赤の他人だった者同士が、親に命じられてか、惚れた腫れたかで、急に家族になるんだ。そんな厄介なことはないさ。お上が許してくれるってんなら、幼馴染の女友達と家族になったほうがずうっとうまく行くだろうよ」

運ばれてきたお銚子の酒を己のところに、そして糸のところへ並々と注ぐ。

「私だって初めはあんたみたいに思ったさ。ああこの人は私のすべてを大事に思ってくれる、もののわかる男だねえ、ってね。まさかほんとうに私が化粧で作った顔立ちにそんなに拘(こだわ)っていたなんて、所帯を持つまでちっとも気付かなかったさ」

「一緒に暮らしていたら、お弓さんが辰吉さんの前でお化粧を落とさないわけにはいきませんよね」

「辰吉が寝てから化粧を落として、起きる前にまた化粧をする、なんてね。そんな涙ぐましい努力をしたこともあったよ。けどね、だんだん馬鹿らしくなってきちまってね。最近は表に出る時以外は、化粧なんてしやしなかったさ。あの人が大嫌いな、素の私のまんまで過ごしてやったよ」

弓が猿のように真っ赤な顔をして涙を拭った。

「きっと皆さん、だんだんそうなっていきますよ」

家の中で二六時中丁寧な化粧を施していなくてはいけないなんて、少しも気が休まらない。

「私は辰吉のことが好きだったんだよ。いつか、やっぱりお前が好きだ、って戻ってきてくれるんじゃないかって、そんな夢を持っちまうんだよ。あの人さえ戻ってくれたなら、私は何でもするって思っちまうんだよ」

歌うように言ってから、奥歯を嚙み締める。

「けど、それももうおしまいさ。私は、他に惚れた女がいるって男を追いかけ回すほど馬鹿じゃないさ」

「そう、そうですよ！　辰吉さんのことなんて、忘れましょう！　お弓さんほど綺麗な人なら、すぐにまた素敵な人が現れますよ！」

糸は酔いが回り始めて熱い頬を押さえながら、少し大きな声で言った。

「嬉しいことを言ってくれるね。けどねえ、さっきも言ったけれど、男と女ってのは面倒で厄介なもんだよ」

「いいえ、いいえ、人というのは面倒で厄介で、そしてなかなか良いものですよ」

酔いに任せて弾むように答えた糸を、弓は呆気に取られた顔でしばらく見つめた。

「いいね、あんたの言うとおりだ。その意気じゃなくちゃね。それと」

潤んだ目をしてにやりと笑う。

「今の言葉、男に言われたね。それもあんたが惚れた男だ」

「えっ？」

糸が仰天して訊き返すと、弓はかっかと声を上げて笑って「さあさあ、もう一杯！」と、糸のお猪口に溢れるまで酒を注いだ。

6

今日はお救い所の仕事はお休みだ。久しぶりに寝坊をしてしまった。

本来ならば医者の助手の仕事、それも今まさに広がっている疫病に関わるような火急の仕事には、休みなんてあってないようなものだ。だが糸たちは銀太に言われて、月に五日ほどはきちんと身体を休める決まりになっていた。

昨夜はあれから弓に勧められるままにお猪口を空けた。宿酔いで頭の芯が鈍く痛む。

障子を開けて初めて、分厚い雲に覆われた雨空の一日だと気付いた。

大きく欠伸をしながらうーんと伸びをした。

そういえば、今日は長屋のそこかしこから人の声やら歩き回る音が聞こえて騒がしい。こんな雨の日は出職の職人たちは皆休みだ。きっと奈々と岩助も、ぐうぐうと朝寝を楽しんでいるに違いない。

私も二度寝をしちゃおうかしら。だって今日はお休みの日ですもの。

すぐに片付けようと思っていた搔巻に目を向ける。己の肌の温もりが沁み込んだ搔巻だ。お腹が減っている気もするけれど、それよりも眠気のほうがずっと勝っている。障子を閉めて、薄暗い部屋で再び搔巻を身体に巻き付けて、眠り疲れてうんざりするまで眠ってしまいたい。

糸の口元に笑みが浮かんだ。

なんだか不思議だ。

これまで私は養い親のところで、そして霊山寺で、ずっと気を張って生きてきた。誰かの善意の元で暮らしているとき、己の想いのままに過ごすようなだらしない振る舞いは、決して許されないことだった。

日々決して気を抜かず、皆が喜んでくれるように懸命に身体を動かすべきだと信じていた。ぐうたら怠けて暮らすなんて、とても悪いことだと思っていた。

だが、私はもう大人だ。日々、一所懸命に働いている大人だ。

仕事でくたくたに疲れて、昨日は少々お酒を飲んでしまって、外はこんな雨空のお休みの日くらい、力を抜いて過ごしてしまってもいいだろう。

糸は障子をしっかり閉めて、再び部屋の隅に横になった。蓑虫のように搔巻を身体に巻き付けたら、あまりの心地よさにうっとりした。

――くれぐれも、しっかり身体を休めてくださいね。

銀太が皆に念を押す声が、耳の奥に蘇った。

どのくらい眠ったのだろうか。

聞き慣れた声に目を覚ますと、障子の隙間から漏れる光は朝とは違った彩を放っていた。

「おうい、お糸さん、ちょっといいかい？」

熊蔵の声だ。

はっとして跳ね起きる。

「は、はいっ。今すぐに」

寝起きで血の気が引いてぼんやりする頭のまま、慌てて土間に駆け下りた。

「おっと、起こしちまったかい？」

開口一番、熊蔵にそう言われて、「えっ？」と両手を頬に当てた。

「顔に着物の皺の跡が付いているぜ。お糸さんでも、こんな日は二度寝したくなるもんだとわかって嬉しくなったよ」

熊蔵が目を細めて笑うと、己の頬を指さしてみせた。

「あら、嫌だ。ごめんなさい」

頬をごしごし擦ってから、解れた髪を撫でつけた。

「せっかくのんびりしていたところを、急に来て悪かったよ。実は、大事な話があるんだ」

「大事なお話、ですか？」

糸の身が強張った。

「い、いや。ちょっと待ってくれ。俺たちの面倒くさい話は、ちょっくらお休みだ」

熊蔵が慌てた様子で掌を見せた。

「面倒くさいお話……ですか？」

熊蔵にすべてを見透かされてしまったようで、胸がぎくりと震える。

「今日は親方のことで話があるんだ」

熊蔵が右隣の壁に目を遣って声を潜めた。

「岩助さんのこと、ですか？」

急に心持ちがしゃきっとしたような気がした。熊蔵の背を引っ張って、岩助と奈々の部屋とは反対側の隅に連れて行く。

「岩助さんがどうかしましたか？」

熊蔵の耳元に口を寄せて、出せる限りの小さな声を出す。

「実はな、親方が変なんだよ。あれからいつもぼんやりしていて、頬は窶れて背を丸めて、傍目にもわかるくらい気落ちしているんだ」

熊蔵がいかにも人の好さそうな顔で眉を八の字に下げた。

「あれから、というのは、熊蔵さんが亡くなった奥さんの櫛を見つけた日、ってことですか？」

「そうさ。俺はとにかく親方とお奈々に喜んでもらいたかったんだ。大事な女房、大事なおっかさんが、ある日火に巻かれて幻のように消えちまうなんて、そんなこととてもじゃねえが耐えられねえだろう？　せめて形見になるものを見つけてやれば、心が休まるかと思ったんだ」

「熊蔵さんの優しさは、少しも間違っていませんよ。岩助さんにもその心はきちんと通じているはずです」

糸はきっぱり言った。

「……ありがとな。けどさ、余計なことをしちまったかと思って、気になっていたんだ。親方にもお奈々にも、せっかく忘れていた辛いことを思い出させちまったかもしれねえ、って」

「岩助さんもお奈々も、お内儀さんのことを忘れたことなんて一度もありませんよ。途方もなく悲しい出来事を胸に抱えて、ただ懸命に日々を生きてきたんです。だから、形見の櫛があの二人の元に戻ったということは、とても大切なことですよ。話しかけて、側に置いて、抱き締めることができるんですから」

「確かにそうかもしれねえな」

熊蔵が奈々の健気な姿を思い出したように、胸元を軽く叩いた。

「それでちょっと思ったんだけれどな、お糸さんと藤吉は、幼い頃、霊山寺にいたって聞いたね。もちろん、ご住職のこともよく知っているだろう？」

「ええ、火事の後はほとんどお会いできていないですが」

住職は糸に美しい字を書く才を与えてくれた、親代わりの人だ。

火事で霊山寺が浅草に移ったのをきっかけに、糸はひとりで暮らすことになった。そのときも、この長屋を親身になって探してくれて、これからは代書屋を営むようにと忠言してくれたのは住職だった。

「もし良かったら、ご住職に、お経を上げてもらえねえかなあと思っているんだ。せっかくお内儀さんの形見が見つかったんだ。きちんと供養をしてもらったら、親方もお奈々も気持ちに区切りがつくんじゃねえかな、って」

「とても良い考えだと思います。近々、私が霊山寺のご住職のところへ行って、お願いしてきます」

久しぶりに住職の顔を見ることができる機会になると思うと、少し嬉しかった。

「ありがとうな。親方って人は、きっとこういうことには気が回らない性分だからねえ。こっちがしっかりお膳立てしてやれば、ちゃんと喜んでくれるはずさ」

熊蔵がほっとした顔で、握り拳を作って見せた。

「熊蔵さんって、ほんとうに優しい人ですね。誰かのためにそこまで親切にできる人は、そうそういませんよ」

糸は心から言った。熊蔵に頼もし気な目を向ける。

「……やめとくれよ」

ふいに熊蔵が、ぷいと顔を背けた。

「お世辞なんかじゃありませんよ。私、ほんとうに熊蔵さんって素晴らしい人だと思います」

糸は身を乗り出した。

「やめとくれ」

今度の言葉は、少し強い口調だった。

驚いて糸は口を噤む。

「す、すまねえ。面倒くせえことはお休みだ、ってこっちから言ったくせにな」

熊蔵が糸から目を逸らして、乾いた笑みを浮かべた。

「けどな、胸が痛くてたまらねえんだ」

熊蔵が己の胸板を拳で叩いた。

奥歯を噛み締めて痛みに耐えるような顔をする。それを誤魔化そうとしてか、もう一度強く胸を叩く。

「失礼するよ。親方のこと、ありがとな」

熊蔵は素早く立ち上がると、振り返らずに表に飛び出していった。

残された糸は、呆然と熊蔵の背を見送る。

熊蔵が言いたいことは、わかりすぎるくらいわかっていた。

面倒くさいことは休み、なんて冗談めかして言われて、どれほどほっとしたかわからない。

岩助と奈々のために何ができるかと真剣に考えている熊蔵は、とても頼りになる気持ちの良い男だった。糸と二人で出歩くときに、常に糸の顔色を窺っているような姿とはまるきり別人だ。

「熊蔵さん……」

ごめんなさい、と胸の内で呟く。

今、追いかければまだ間に合うはずだ。糸の足音を聞いた熊蔵は、どれほど喜ぶだろう。顔を見合わせて笑い合うことができたなら、そこで私たちは縁を結び、新しい生活へ歩み出すことができるのだ。

框まで行きかけて、足を止める。

「あら？」

小さなお猪口だ。

「どうしてこんなところにお猪口が？　熊蔵さんの忘れ物かしら？　だったらすぐに届けなくちゃいけないけれど……」

いや、違う、とすぐにわかった。

お猪口の内側は緑色を帯びた玉虫色に塗られていた。そこかしこに筆の跡が付いている。

これは女が化粧に使う紅だ。玉虫色にしか見えない紅に水で濡らした筆を付けると、紅い色に変わるのだ。

お猪口の縁に紅が付いていたのだろう。己の指先が紅く染まった。

まるで干し柿の中身のような鮮やかな橙色だ。

「これ、お弓さんの紅だわ」

お猪口がふっと消えた。

糸はまだ紅の残った指先をじっと見つめた。

7

浅草に新しく移ってきた霊山寺は、やっと仮ごしらえの本堂が完成したばかりのところだった。敷地内は木材を担いだ大工たちで賑わっている。

「お糸、よく来たね。お前の顔を見るのは久しぶりだ」

豊かな笑顔を浮かべて現れた住職は、糸の姿に目を細めた。まるで孫の成長を喜ぶ祖父の顔だ。

「しばらくご無沙汰をしていて、申し訳ありませんでした」

「いいんだよ。ここを出て行った子供たちから便りがないのは、良い便りだ。お前は良い顔をしているね。幸せそうで何よりだ。人の縁に恵まれたということだ」

人の縁、なんて言われると熊蔵の顔が胸を過って、少々ぎくりとする。

「気掛かりな悩み事はいくつもあります。お寺で暮らしていたときには、知らなかったことばかりです」

縁切り状のお客さんたちのことや、熊蔵のこと。それに……。

こんなにいろいろと思い悩んでいるときに、良い顔をしている、なんて言われても、ちっとも実感が湧かない。

「己に都合よくことが運ぶばかりが、幸せではないぞ。お前にまっすぐに向き合ってくれる人に恵まれているということが、幸せなんだ」

住職は、困った顔をした糸を可笑しそうに窘めた。

「それで、今日はどうしたんだい？」

糸は、焼跡から奈々の母親、岩助の女房の形見の櫛が見つかったこと。それから岩助が力なく見えるので、長屋の皆で弔いをしたい、という話をかいつまんで説明した。

「ああ、そういうことかい。わかったよ」

住職が境内の外に広がる焼け野原に寂しげな目を向けた。

「せっかく皆に喜ばれて、人の輪の中で笑顔に囲まれて生まれたんだ。生前にお世話になった大事な人たちに囲まれてお見送りをされたなら、仏さんも喜んで成仏できるだろう。きっと残された人たちも気が晴れる。その仏さんは、ずっと前からあの長屋で暮らしていたのかい？」

糸は首を横に振った。

「亡くなったのは、前に住んでいたところです。火事の後で、お父さんが子供と二人で、あの長屋に引っ越してきたんです」

「ならば、長屋で仏さんの顔を知っているのは、その父子だけということか」

「ええ。言われてみれば、そのとおりです」

「仏さんが亡くなった後に知り合った者たちが、後から皆で弔いをしてやろう、なんて、ずいぶんとお節介なご近所さんたちだな」

住職がくすりと笑った。

「確かにそうですね。ご住職に言われるまで、ちっとも変には思っていませんでしたが」

きょとんとした顔の糸に、住職は幾度も頷いた。

「やはり、お糸。お前は幸せだ」

親代わりの住職にそうしっかり言い切られると、胸の中がふわりと温かくなった。

「あれから、悪いものが見えることはないのか?」

住職は糸に気を遣って言い淀むことは一切なく、大事なことを訊く医者のような顔をした。

「実は、時折〝生霊〟が現れます。ごくごくたまに、のことですが」

糸もことさら隠し立てせずに、素直に答えた。

「〝生霊〟だって？　どうしてそう思ったんだい？　ここにいた頃のお糸は、ただ暗闇の気配に怯えていただけだっただろう」

住職が怪訝そうな顔をした。

深刻な雰囲気に、咄嗟に縁切り屋稼業のことは黙っていたほうがいいような気がした。

「いいえ、変な言葉を使ってすみません。何となくそう感じただけです。代書のお仕事は、人の想いを受け止めてしまうことが多いので、眠りが浅くて悪い夢を見る日があるんだと思います」

「確かに、筆を運ぶことには人の想いが宿る。時には、仕事を選ぶことも必要かもしれんな」

住職は真面目な顔で頷いてから、もう少し詳しく話を聞きたそうに眉間に皺を寄せた。

「そ、そうです。実はこの長屋には、藤吉兄さんも暮らしているんですよ」

糸は小さくぽんと手を叩いた。

「藤吉だって？　懐かしいねえ。あのおっかさんと、達者にしているのかい？」

住職はすべての子供のことを覚えているのだろう。すぐにぱっと顔を輝かせた。

「残念ながらお母さんは亡くなりました。今は独り身で木挽のお仕事をしながら、豆餅って仔猫（こねこ）を大事に可愛がって暮らしているんですよ」

「仔猫かい、面倒見が良い藤吉らしいね。きっと気が細くなるくらい、丁寧に世話をしているに違いない」

「そうなんです。この間は豆餅の踵のところの毛が少し禿げていた、ってだけで、小石川のお救い所に駆け込んで……」

「何だって？　赤ん坊を抱えておっかなびっくりのおとっつぁんみたいだねえ」

糸と住職は顔を見合わせて笑った。

「晦日にお経を上げに行こう。長屋の皆に伝えておくれ。そのときに藤吉に会うのが楽しみだ」

住職は空を見上げて、「藤吉か、よかった」と安らかな笑みを浮かべた。

8

土間に落ちていた弓の紅のことが気にかかりつつも、日々の忙しさに数日が過ぎた。

「お奈々、今日は一緒に湯屋に行きましょうか。お部屋に荷物だけ置いて、すぐに出ていらっしゃいな」

「はあい！　ここのところ、私たちは忙しくて忙しくてたまりませんでしたからね。お糸ちゃんとのんびり湯屋へ行くのは久しぶりですねえ」

真冬のような寒い日と、少々気味が悪いほど暖かく強く吹く春の風とが交互にやってくる時季だ。

今日はそのどちらでもない心地よい天気だ。普段は行水で済ませていたが、こんな穏やかな日は日暮れ前に湯屋に行って、ついでに奈々の髪をじっくり洗ってやろう。

熊蔵の言っていたことが胸を過る。

父親の岩助がひどく気落ちしていることを、奈々は敏感に察しているのだろう。母親の櫛が見つかってからのほんのわずかな間に、急に大人びてきたように見える。

まだまだ子供の奈々からすれば、もしかすると形見の櫛は、母の死を思い知らされ父を悲しませる、辛いものとなってしまっているのかもしれない。

温かい湯をざぶんと頭から掛けてやって、糠袋でしっかり身体を洗ってやって、一緒に顔を真っ赤にして楽しく湯に浸かって、奈々の心も解してやりたいと思った。

二人で手を繋いで長屋の木戸を潜ったその時、入口を行きつ戻りつしている見覚えのある男の姿に気付いた。

「辰吉さん？　どうされましたか？」

糸が声を掛けると、辰吉が決まり悪そうな顔で肩を竦めた。

「お糸さん、悪いけど、ちょいと付き合ってくれねえかい？　勝手なことを言っているってわかっているんだ。けど、やっぱり、どうしても……」

「縁切り状を書いたお内儀さんに、戻ってきて欲しいとお願いしに行くのですか？　なんて勝手なお話でしょう。お糸ちゃん、お断りすべきですよ。私たちの縁切り状というのはそれほど軽いものではありません」

奈々が頭に角が生えたような顔をして、両腕を前で組んだ。

「ちょ、ちょっとお奈々、待ってちょうだい。早合点は駄目よ。辰吉さんのお話をきちんと聞いてみましょう？」

奈々が〝私たちの縁切り状〟と言ったことに、思いのほか胸がぽっと温かくなった。

最近はお互いの忙しさもあり、奈々が糸の部屋で長居することはほとんどなくなったが、奈々にとってはいつまでもお糸の縁切り屋は二人で力を合わせて営んでいるものなのだ。

「庇(かば)ってくれたところ悪いが、お嬢ちゃんの言うとおりさ。お弓に会いてえんだ」

辰吉が恐る恐る、という様子で糸の顔を窺った。

どこかで見たことのある顔だ。想いを寄せる相手に対してすっかり自信をなくして、気後れした情けない男の顔だ。

「ほんとうにお奈々が言うとおり、お弓さんと元の夫婦に戻りたい、ということですか？」

「ああ、そうさ。その通りだよ」

辰吉が照れ臭さを隠すように、唇を一文字に結んだ。

「家に迎えたはずの、新しいお内儀さんはどうなったんですか？」

「ああ、あいつは駄目だ、駄目だ！　見た目こそは、それこそ寝るときまで二六時中整えてはいたけれど、そのこと以外はからきし駄目さ」

「駄目、とはどういうことでしょう？」

　奈々がむっとした顔で訊いた。

「あいつは家のことは一切しねえ、ってそのくらいは女郎上がりだ。俺だって覚悟をしていたさ。けどな、あいつはだらしねえなんてもんじゃねえさ。飯を喰えば、そのへんに箸を放り出しておく。鼻をかんだちり紙はそのままそこいらにぽいと捨てやがる。おまけに風呂が嫌いで、洗い物も大嫌いだ。あいつがたくさん持っている綺麗な着物の裏は垢で真っ黒で、紅筆は黴だらけさ」

　奈々がその光景を想像したのか、わあ、と顔を顰めた。

「あんな汚ねえ女と暮らすのはまっぴらさ。正体を知っちまったら近づきたくもねえや。一日中文句を言ってやったら、次の日には金目のものを持って消えちまったさ」

「その方に振られたから、って、お弓さんに戻ってきて欲しいなんて勝手すぎます。お内儀さんというのは、家のことをする使用人ではないのですよ。お糸ちゃん、こんな人は放っておいて早く湯屋に行きましょう」

「ちょ、ちょっと待ってくれよ。違うんだ。傍目にはそう見えるのはわかっているさ。

けど、俺の胸の内は違うのさ」

奈々は白けた顔だ。

「俺はさ、お弓が俺のこと想っていてくれたのがわかったのさ。あいつは家の中では、一切身なりに構わなかったさ。けどな、お弓は所帯のためにいつも働いてくれていた。それに気付かなかった俺は大馬鹿者だよ。俺はお弓のお陰で、人の心ってもんに気付いたんだ」

「気付くのが遅すぎます。そんなことは、他人の奈々でも最初からわかっておりました」

「お奈々、あまり意地悪を言っては駄目よ」

糸は奈々の頭をそっと撫でた。

酒臭い息を吐いて「でも、辰吉のことが好きなんだよ」と涙を零していた弓の姿が胸を過った。「いつか、やっぱりお前が好きだ、って戻ってきてくれるんじゃないかって、そんな夢を持っちまうんだよ。あの人さえ戻ってくれたなら、私は何でもするって思っちまうんだよ」

お弓さん、あのときの言葉はほんとうですか？

糸は胸の中の弓に向かって問いかけた。

「お糸ちゃん、何を甘いことを言ってるんですか？　辰吉さんは、少しも反省なんてしていませんよ。ただひとりぼっちが寂しいだけです」

奈々が声を潜めて文句を言った。

「お糸さん、頼むよ。一緒にお弓のところへ行ってくれ。あの縁切り状を頼んだときの俺は、ちょっとおかしかったんだ。あのときの俺と、今の俺とは別人だ、って、お弓に証言してくれねえか？　辰吉はまっとうな男になった、ってお弓に言ってやってくれねえか？」

「まあ、何て図々しいのでしょう！　もうっ！」

奈々が糸の手を握って、ぐいぐいと引いて行こうとする。

「それはお受けできません。私には辰吉さんの胸の内はわかりませんから」

糸が首を横に振ると、奈々がぱっと笑顔を浮かべた。

「ですが、お弓さんは紅を……」

「えっ？　お糸ちゃん？」

奈々の顔が強張った。

「紅って何のことだ？」

辰吉が身を乗り出した。

「玉虫色に光っていて、肌に乗せると干し柿のような橙色の紅。お弓さんの紅が、この家に現れたんです。きっとその紅が、お弓さんの心に残っているんです」

「お糸ちゃん、そんなことを教えてあげる必要はありません！　お弓さんにとっては、この縁を結び直してもろくなことになりませんよ。他の女の人が気に入らなかったから、前のお内儀さんに戻る、なんて。そんな嫌な男の人と暮らすことは、決して幸せではありません」

奈々が辰吉に聞かれているのも気にせずに、悲痛な声を上げた。

「お奈々、私たちがお弓さんの幸せを決めてはいけないわ」

糸は奈々の手を握った。白目が青く見えるほどに澄んだ幼い瞳をまっすぐに見つめる。

「お弓さんは……」

胸が痛い。奥歯を嚙み締めた。

この人を好きになってはいけないとわかっているのに、己の胸が相手を求めて止まない。恋とは、あまりにも馬鹿らしくてあまりにも惨めなものなのだ。

「お弓さんも、辰吉さんに会いたいと仰っていました」

糸がしっかりした声で言うと、辰吉の顔にみるみるうちに夢のような笑顔が広がった。

9

吞み屋の隅の席で、弓はこの間と同じようにぼんやりとお猪口を眺めていた。

「ああ、あんたかい。この間の吞み比べは楽しかったよ。今日もやるかい？　いいさ、受けて立つよ。男にぐさりとやられた傷には、女同士のくだらないお喋りが一番の薬さ」

糸に気付いた弓は、親し気に手を振った。と、背後の辰吉に気付いて息を呑む。

「まさか、ねえ、お糸さん、私は確かに言ったよ。けどね、ほんとうに連れて来て欲しいと頼んだわけじゃ……」

「私がお願いしたんじゃないんです。辰吉さんがお弓さんに会いたいと仰ったので、お連れしました。もしもお弓さんがお嫌でしたら、私が責任を持って辰吉さんには帰っていただきます」

糸の背に隠れた膨れっ面の奈々が、大きく頷いた。

弓はしばらくあちこちに目を巡らせてから、辰吉に向かって「そこに座りなよ」と呟くように言った。

「お、おう」

辰吉は泣き出しそうな顔をして口だけに笑みを浮かべる。

「あんた、女と別れたんだってね」

意を決したように口を開いた弓の顔からは、酔いが消えていた。

「噂が早ぇ(はえ)な」

「前のご近所さんが、わざわざ知らせに来てくれたよ」

「誰だか見当が付くぜ。ここんところ、目ん玉を真ん丸くして俺のことをじろじろ見ていやがったお内儀さんがいたからな」

「ざまみろだよ」

弓がふっと笑ってお猪口の酒を呑んだ。

「それで、私に戻ってくれって話かい?」

辰吉の作り笑顔が強張った。

「そ、そうだ。俺にはお弓がいなくちゃいけねえ、って気付いたんだ。あの縁切り状を渡したときの俺は、どうかしていたさ」

辰吉の額に汗が浮かんだ。こんなに焦ってこんなつまらない口調で言うつもりの言葉ではなかった、という気持ちがこちらにまで伝わってくる。

「ふうん」

弓がいかにもつまらなそうに言った。だが眉間に僅かに皺が寄る。唇が震える。

「な、お弓、頼むよ。戻ってくれよ」

ふいに弓はお猪口の中身の酒を己の顔にびしゃっと掛けた。すぐに懐から手拭いを取り出す。

「お弓、いったい何を……?」

弓は酒で濡れた手拭いで、力いっぱい己の顔を擦った。

丁寧に施した化粧が、あっという間に溶け落ちる。

唇は黒ずんで、頬にはあばたが目立ち、ちんまりと小さな鋭い目に、思ったよりもずっと大きな小鼻が現れた。

「もう一度言ってごらんよ。もう一度、さっきの言葉をこの顔の私に言っておくれ」

弓が己の顔を指さして、辰吉を睨み付ける。

「ああ、もちろんさ。俺は、お前のその化粧を落とした素の顔も、すべてが恋しくてたまらねえんだ。俺にはお弓がいなくちゃいけねえんだよ」

辰吉が大きく頷いた。

「それだけかい？」

弓が辰吉の顔をじっと見つめた。

「えっ？」

辰吉はしばらくぽかんとした顔をした。

「す、すまねえな。気の利いた言葉が見つからねえ。もっと洒落たことが言えたらよかったんだけれどな」

「違うよ。言葉なんかはいいのさ」

「じゃあ、いったい……」

弓はしばらく辰吉の顔を愛おしそうに見つめてから、諦めたように大きなため息をついた。

「ねえ、あんた。女ってのは鋭いもんだよ。女房が髪結いに行ってきても、ちっとも気付かないような男どもとは大違いさ」

「俺の浮気の話か。悪かったよ。何も言い訳はできねえ」

辰吉が目を伏せた。

「違うよ。あんたの頭の話さ」

ふいに辰吉の顔が、ぎくりと音がするように青ざめた。

「な、何の話だ？　頭？　いったい何のことやら、俺にはさっぱりわからねえぞ」

辰吉の額から汗がぽとりと落ちる。

「あんたのその頭さ。その髷が付け毛だってこと、私が気付いていないとでも思ったのかい？」

ひいっ、と辰吉が声にならない叫び声を上げた。

「辰吉さんの髷が付け毛ですって？　奈々は、そんなものがあると初めて知りました。ずいぶん上手くできているものですねえ。まるで本物にしか見えません」

奈々が辰吉の頭をまじまじと見つめる。

「ど、どうしてそれを？　朝も晩も、人の前では決して外さないようにしていたのに」

「寝起きも、風の日も、決して乱れない髷なんてあるかい。一緒に暮らし始めた次の日には、わかっていたよ。新しいあの女郎だって同じだったみたいだね。あんた、ずいぶん口の軽い女に手を出したもんだよ」

「あいつ、余所（よそ）で喋っていやがるのか！」

　辰吉が握り拳を震わせた。

「玄人の女ってのはおっかないもんさ。客の引け目に気付いていないふりをしてやるのが仕事だからね」

　弓がいい気味だ、とでもいうように笑った。

「私は、あんたがいつ私の前でそれを外してくれるか、ってそればかり思っていたんだよ。私の前ですっかり心を許して、つるっ禿（ぱ）げな姿でくつろいで欲しかったよ。だって私たちは夫婦だったんだから。お互い家の中でくらいは素のままの己の姿で向き合いたいってのは当たり前だろう？」

　辰吉は顔を伏せて黙っている。

「でも、あんたは決して私に心を許してはくれなかったんだ。私もむきになって、あんたにいくら文句を言われても、家では化粧をしないで素の顔で過ごしていたさ。きっとあんたは、女に己の素の姿を見せるくらいなら死んだほうがましだ、なんて思っていたんだろうね。私のことを胸の内じゃ、どこか信じちゃいなかったのさ」

「そんなことはねえさ。俺は、お前のことを……」

「じゃあ、その鬘をここで外してごらんよ。一度も見せてくれなかった姿を、私に見せておくれよ？　決してできないだろう？　そういうことなのさ」

弓が辰吉が言い返す隙を与えないくらいの早口で言い切った。

「そういうこと、ってどういうことだ？」

辰吉が力ない声で訊いた。

「あんたもいつか、見栄をさっぱりかなぐり捨ててくつろげる相手が見つかるさ。己の見た目なんてすっかり忘れて、ただ横にいると心が温かくなるような相手がね。そしてその相手は、この私じゃなかった、ってことさ」

弓はごくりと喉を鳴らして涙を呑んだ。

「あんたのことは今でも好きさ。理由なんてないんだ。あんたの格好つけたその顔を見ていると、胸のあたりがぎゅっと縮こまる気がするよ。けどね、あんたは私といても楽にはなれない。私も同じさ。お互い、そんな相手といたら窮屈なだけさ」

辰吉はしばらく弓を見つめてから、諦めたように幾度も軽く頷いた。

肩を落として店から立ち去る。

糸の着物の袖をしっかり握った奈々が、縋るような目で見上げてきた。

「お糸ちゃん、これでよかったんですよね。奈々は、二人のご縁が戻らなくてほっとしました。けれど、なんだかとても寂しく思います」

「お嬢ちゃん、あんた誰だか知らないけれど、こっちへおいでよ。美味しい焼き鳥を頼んであげるよ。お糸さん、あんたも付き合ってくれるよね？」

弓が急に酔った声で、手招きをした。

「ああ、もう。嫌だねえ。格好つけすぎちまったよ。あれで良かったのかねえ。やっぱり追っかけたほうがいいのかねえ。さあさあ、一杯」

糸に酒を勧めながら、弓は明るい声を出した。

「奈々は、決して追いかけないほうがいいと思います。何も良いことはありません。これからお弓さんにはもっと素敵な縁がたくさんやってきますよ」

奈々がいかにも賢そうな顔で言った。

「そうだよねえ。私もそう思うさ。頭ではわかっているんだよ。これ以上、あんなつまらない男に振り回されるのはまっぴらさ。だからきっぱり追い返したよ。よくやっただろう？　けどねえ、胸が痛くてねえ。涙が止まらないよ」

己の胸をとんとんと握り拳で叩きながら、弓は涙でびしょびしょになった小さな目を袖で拭いた。

「お弓さん、飲みましょう」

糸は弓の背をぽんと叩いて、お猪口に並々と酒を注いだ。

「そしてとことん、お話ししましょう」

「そうです！　奈々が辰吉さんの悪口を思いつく限り、たくさん言って差し上げますよ」

　奈々が胸を張った。

「頼もしいよ、ありがとう」

　弓は勢いよく盃（さかずき）を空けると、わっと声を上げて泣き崩れた。

10

　そよ風に花の匂いが混じる長閑（のどか）な春の日だ。

　住職のお経を読み上げる声が、どこか優しく長屋に響き渡る。

「おっかさん、おっかさん……」

　すすり泣く奈々を抱き締めて糸がそっと背を撫でてやっていると、長屋の誰もがそれに加わって奈々のところへ集まってきた。

「亡くなった方は、残された人たちの幸せを何よりも願っていますよ。誰もが己の生によってこの世に幸せを与えたいと思って生きているのですから。己の死によって悲しみを残すことは、決して望んではおりません」

　お経を上げ終えた住職が、静かな笑みを湛えて奈々を諭すように言った。

「これで、おっかさんの魂は、安心して空に向かうでしょう」

「嫌だ、嫌だ、おっかさん、いなくなっちゃいやだよう！」

「お奈々、かわいそうに……」

近所の皆が思わずもらい泣きを始めたところで、それまで黙り込んでいた岩助が勢いよく立ち上がった。

「おい、お奈々。赤ん坊ごっこはここまでだ」

奈々の額をぴしゃりと叩いて、にやりと笑う。

「おとっつぁん？　奈々は赤ん坊ごっこなんてしておりませんよ。心から、おっかさんを偲んでいるだけです」

「お前が悲しいのは、ようくわかるさ。けどな、ここに並んでいる皆で、今でも親がぴんぴんしている人がどれだけいると思っているんだ。子よりも親が先に逝くのは当たり前さ。子が育つってのは、親を見送るってことさ。お前が大きく育って、おとっつぁんもおっかさんも心から嬉しいぞ」

岩助は涙が滲んだ目をしたまま、からっと明るい声で言う。

「奈々が育つということは……」

言いかけて奈々は押し黙る。じっと岩助を見つめる。

「そんな暗い顔をするな。生きるってのは、大人になるってのは、そうそう甘いもんじゃねえんだ。だから大人ってのは、子供よりもずうっと偉いのさ」

岩助が奈々をひょいと抱き上げた。

「大人が子供よりも偉いですって？　それは納得がいきません。この世には、己の心のままに生きる、子供みたいな大人もたくさんいますよ」

むきになって文句を言う奈々の尻をぺんと叩いて、岩助は部屋の隅に所在なげに座っていた熊蔵を振り返った。

「熊、ありがとうな、恩に着るよ」

「い、いえ。ご住職にお願いしてくれたのは、お糸さんですよ。お糸さん、ね？」

熊蔵に急に話を向けられて、糸は慌てて「え、ええ」とどうにかこうにか答えた。

「あのご住職が、お糸さんと藤吉の親代わりだったたって方かい？　何とも優しそうな方だ」

岩助が、親し気に言葉を交わす住職と藤吉の姿に目を細めた。

藤吉はまるで子供の頃そのままの悪戯っぽい顔をして、住職の周りで落ち着きなく足踏みをしながら、とても嬉しそうに語りかけている。

「ええ、幼い頃からほんとうの子のように大事に見守っていただいたので、少しも寂しいことはありませんでした」

奈々が大きく目を見開いて、糸の話を聞いているのがわかった。

「ご住職にお礼を言って、俺たちは仕事に戻るぞ。熊、いいな？」

「へいっ!」

皆が住職の放つ柔らかい光に引き寄せられるように、近づいていく。

岩助が清々しい顔で頭を下げる。住職がこれまでの岩助の労をねぎらうようにゆっくり頷く。熊蔵が冗談を言って藤吉の背を突くと、奈々の顔にも子供らしい笑みが浮かんだ。

ふと、視線を感じて振り返った。

イネだ。

足が悪くて框を上がることができないので、住職がお経を上げている間は奈々と岩助の部屋の戸口に寄りかかっていた。

イネは己の部屋の前で足を止めて、こちらをじっと見ていた。

皆と一緒に住職と話したいならぜひとも肩を貸そうと思ったが、イネがまっすぐに見ていたのは糸の姿だ。

「おイネさん、なんだかお久しぶりですね。ものもらいの具合はいかがですか?」

近づくと、イネの右の瞼がまだ少し腫れているのがわかった。

「見ての通りだよ。どのくらい良くなっていて、どのくらいまだ悪いかなんて、年寄り相手に面倒なことを訊かないでおくれよ」

普段のイネの調子にほっとする。

「お加減が気になっていたのですが、あまり一度にお見舞いに押し掛けてはいけないかと思って、すみません」

「藤吉のことだろ？　あいつはこと猫に関しては、なかなか真面目な男だよ。猫に関してだけはね」

イネが嫌味を言いながら、まんざらでもなさそうに笑った。

「それと、実は私、奈々と一緒に外に働きに出ているんです。お見舞いに行く暇がなかったのはそれもあるんです」

この機を逃してはいけない。意を決して言った。

「銀太のお救い所だろう？　とっくの昔に藤吉から聞いたさ」

「えっ、おイネさん、知っていらしたんですね」

驚くほどあっさりと返されて拍子抜けした。

「お糸、あんた、銀太のところにいるとわかったら決まりが悪いからって、私のことを避けていたろう？　そんなのこっちはお見通しさ。見くびられたもんだね。銀太とはもうとっくに親子の縁を切ったんだ。未練なんてこれっぽっちもないよ。あいつは金はろくにないくせに金払いだけはいいからね。しっかりお給金を貰ってたんまり稼いでおいでよ」

急に銀太のことを遠く感じた。

イネが銀太の名を口に出すと、その名はイネにぴたりと寄り添っているとわかる。縁を切ったなんて言いながら、そこにあるのは他人が決して入り込むことができない深い絆だ。

「そのお救い所で出会った男に、あんたは恋をしちまった、ってわけだ」

「えっ？」

血の気が失せるような気がしてイネの顔を見る。

「どうせそいつは病人だろう？　甲斐甲斐しく面倒をみてやっているうちに、お互い情が移ったね。ああ、つまらないねえ。そんなの古今東西、いくらでもある話だよ」

イネが苦笑いを浮かべた。

「ち、違います。恋、だなんて。そんなこと、あるはずがありません」

首を横に振りながら、どんどん赤くなっていく頬の熱さを感じながら。銀太への想いが波のように押し寄せてくるのがわかった。

イネはそんな糸を面白そうに眺めてから、ふと真面目な顔をした。

「熊をどうするんだい？」

冷や水を浴びせかけられたような、冷たい口調だった。

「このままじゃいけないだろう。熊があんたを好いているってのは、この長屋の便所コオロギでも知っているさ」

「おイネさん、違うんです」

「甘ったれるんじゃないよ！」

厳しい声でぴしゃりと言われて、はっと我に返った気がした。

「あんたもしかして、己は熊の支えになっている、なんて思い上がっているんじゃないかい？　熊のことを一思いに振っちまうのが気の毒だから、一緒にいて、愛想笑いをしてやらなきゃ申し訳ないんだ、なんてね」

胸の中がざわつく。そんなはずがありません、なんて強い口調で言い切りたくなる。どうしてイネはこんな嫌なことを言うのだろう、と怒りにも似た想いが込み上げる。

図星のことを言われているせいだ。

「熊はあんたにたまに遊びに付き合って欲しい、なんて呑気なことを思っちゃいないさ。あんたのことが欲しいのさ」

「やめてください！　いくらおイネさんでも、熊蔵さんのことそんなふうに言うなんて」

糸は大きく首を横に振った。

熊蔵の糸への想いはどこまでも清らかで温かいものだ。それをまるで陰鬱な欲望のように言われて、身震いがしそうな気持ちになった。

「何がいけないんだい？　熊はそんな男じゃない、なんて言いながら、あんたは他の男にうつつを抜かしているんだろう？　とんだ裏切りだ」

「他の人、なんて、そんなこと少しも考えていません」

そうだ、私は銀太にこの想いを打ち明けるつもりなんて決してないのだ。

「あんたが熊の想いをきっぱり断れないのは、あんたが熊に甘えているからさ。己のことを好いてくれる熊に甘えているんだよ。そんな心根のうちは、誰とも決してうまくはいかないよ」

イネは吐き捨てるように言うと、「そのお救い所の男、ってのはろくな奴じゃなさそうだ」と、憎たらし気に付け加えた。

第四章　床　下

1

力に満ちた春の日差しが降り注ぐ。日陰はまだまだ肌寒いのに、日向(ひなた)に出ると眩暈がするくらい汗ばむ陽気だ。

お救い所の裏手の小川の流れに手を浸すと、今日は普段よりも温かく感じた。

ここでは毎日、山のようにたくさんの汚れ物が出る。

川っぷちに大きなたらいを抱えていって灰汁(あく)で汚れを落としてから、最後にひとつひとつ丹念に川の水に潜らせる。

澄んだ川の流れの中を、綺麗になった手拭いが妖怪一反木綿(いったんもめん)のようにゆらゆらと揺れる光景には、気持ちがすっきりした。

「お糸さん、いつもご苦労さまです。お手伝いをさせてください」

振り返ると、銀太が日向に一歩踏み出て眩しそうに目を細めたところだった。

「そんな、お手伝いなんて平気ですよ。銀太先生はお忙しいんですから、少しでもお休みくださいな」

息が上がる。心ノ臓が喉元で鳴る。

「一休みがてら、です」

銀太は意に介さずに、水桶から濡れた布を取り出した。

川の水の中でふわりと広がった布は、ところどころ布の端が解れた褌（ふんどし）だ。隅のところにまるで子供のように大きな字で留吉（とめきち）、と名が書かれている。

「やあ、これは留吉さんの褌ですね。きっととても大事なものなので、明日までに急いで乾かさなくてはいけませんね」

銀太がくすりと笑った。糸も同じ顔で笑う。

留吉は皆に好かれる穏やかで剽軽な老人だ。病に冒されて一時は死の淵（ふち）を彷徨（さまよ）ったが、高齢とは思えない逞（たくま）しさで無事に回復して、今ではここでちょっとした手伝いをしてくれるほどだった。明日には娘夫婦がお救い所へ迎えに来ることになっていたので、年季の入った褌の洗濯も今日でおしまいだ。

二人で並んで、黙々と川の水に洗濯物を潜らせる。

灰汁に塗（まみ）れた布が、水の中で白い花が咲くようにぱっと広がる光景が面白い。銀太と二人、そのたびに微かに口元を綻ばせた。

銀太と話すことはいくらでもあった。

患者のことはもちろん、一緒に働く皆のこと。そういえばこの間銀太に打ち明けた辰吉と弓の縁切りの顛末も、無事に収まるところに収まった、ということを伝えるべきだ。親し気な調子で他愛ないお喋りをしながら、淡々と手を動かす。そして仕事を終えたらやれやれと頷き合って、すぐにまたお互いの持ち場に戻る。そんなことくらい容易なはずだ。

だが言葉が見つからなかった。

沈黙に耐えかねて何の気ない世間話を始めようとしても、僅かに口を開いたところで途方に暮れる。

傍らで銀太がふっと笑みを漏らす気配を感じて、それを追いかけるように息を吐く。身体が熱くなり、温かかったはずの川の水がひんやりと冷たく感じてきた。

「さあさあ、お前たち。奈々の話をようく聞いておくのですよ」

林の中から奈々の得意げな声が近づいてくるのが聞こえて、はっと我に返った。

「はあい！」

少年たちがいかにも腕白そうに声を揃えた。

「なんとなんと、奈々は、湯島の裏長屋でお糸ちゃんと一緒に〝縁切り屋〟稼業を営んでいるのです。お糸ちゃん、ってわかりますよね？　いつも奈々と一緒に帰る、優しくて素敵な姉さまのことですよ」

母親の供養を終えてからまた一段と大人びて見えるようになった奈々だったが、子供たちと過ごすときの声は、こちらがほっとするほど幼い。

「わかるさ！　いつも銀太先生といる人だよね？」

甲高い子供の声に、糸は身を強張らせた。

「えっ？　そうでしたか？　奈々はあまり気付きませんでした。ええまあ、確かにお糸ちゃんは銀太先生の助手ですからね。二人がいつも一緒でもおかしくはありません」

そんなことないわ、私と銀太先生が二人きりになる機会なんて、これまでで数えるほどしかなかったわ。

そんな言い訳の言葉が思わず口をつきそうになる。

たまらなく恥ずかしくなって、銀太の様子が目の端にも映らないように顔を伏せた。

「縁切り屋では、いつでもお客さんを募っております。嫌いな相手に縁切り状を書きたくなったら、夕暮れ時に奈々とお糸ちゃんの長屋に来れば、さらさらっと縁切り状を書いてあげますからね。うちの縁切り状は、そんじょそこらの三下り半とは違います。何せ、お糸ちゃんは縁切り状を送られた相手の生霊が見えるのですから」

「その話、もう聞いたよ。化け物が見えるんだろ」

「最後まで聞きなさい。お前たちの仕事は、この話を子供だけの間でしっかり広めておくことです。間違っても、おとっつぁんやおっかさん相手にこんな話をしてはいけませんよ。縁起でもないことを言うな、と引っぱたかれても、奈々のせいじゃありませんからね」

「おいらたちの間で広めてどうするんだい?」

「はいっ、良い問いです。それでこの引き札です。お前たち、しっかりこの引き札を目に焼き付けておきなさい。町でこれを手にして眉間に皺を寄せている人を見つけたら、こう言うんです。『お糸の縁切り屋はこっちだよ』とね。はい、皆で繰り返してみましょう」

「お糸の縁切り屋はこっちだよ!」

「素晴らしいです。お客を連れてきてくれた者がひとりでもいたら、そのたびにここの皆にお菓子をあげますからね。お互い力を合わせて励みなさい」

いやだ、お奈々ったら。

糸は思わず苦笑いを浮かべた。

「ああっ、お糸ちゃん! それに銀太先生もご一緒でしたか」

奈々が嬉しそうな声を上げた。

「ほうら、また二人一緒だ!」

得意げに笑った少年に、糸は慌てて大きく首を横に振った。少年はきょとんとしている。

「もう、お前はいったい何を言っているんですか。大人をからかってはいけませんよ。

お糸ちゃんはもうすぐ、奈々もよく知っている人のところへお嫁に行く身なのですから。ねえ、お糸ちゃん、そうですよね？」

冗談めかしてさらりと言ったが、これは大事な問いかけだとわかった。

「まだ何もわからないわ。そんな大事なこと、軽々しく答えません」

糸が窘めるように言うと、「ええ？　そうなのですか？　奈々はてっきり……」と、奈々が口を窄めて何とも嬉しそうな目をした。

奈々は心から私と離れたくないと思ってくれているのだ、と、胸が熱くなる。

しかしそんな奈々のひたむきな想いを裏切っているような、申し訳ない気持ちにも気付く。

糸が今の言葉をあんなに力強く口に出すことができたのは、傍らに銀太がいるせいなのだ。

2

奈々と手を繋いで、わらべ歌を歌いながら帰り道を歩く。

遠い昔の思い出の歌だ。

糸が幾度も歌詞を間違えながら一緒に歌を口ずさもうと奮闘する姿が面白いようで、奈々は繋いだ手をやりすぎなくらいぶんぶんと振り回す。

「ちょ、ちょっとお奈々、痛いからやめてちょうだいな」

こんなふうに、二人できゃっきゃと顔を見合わせて笑い合うのは久しぶりだ。

糸が熊蔵と所帯を持つかどうかなんてまだわからない、と答えたことがよほど奈々に安心を生んだのだ。そうわかると、いつまでもぼんやりしてはいけないのだと思い知らされる。

先日、イネに「あんたが熊に甘えているからさ」と言われたことは、とても耳が痛かった。イネの言葉の明け透けさには、どうしても納得がいかないところもある。だが、糸が熊蔵の想いに甘えているのは事実だ。

いつも己のことを好いてくれて、いつまでも待ってくれる男。そんな相手が側にいてくれることが、心地よくないはずはない。

私は熊蔵の熱心さに困っているという体で、居心地のよい今を手放したくないのだ。

だが熊蔵は――。

胸が痛んだ。思わず立ち止まりそうになる。

糸には、熊蔵の胸の痛みがわかってしまうのだ。

「おや？　餓鬼んちょどもが、何の用でしょう？　うちの長屋には、あのくらいの齢の子供はひとりもおりませんが……」

奈々が己の齢をすっかり忘れた様子で、怪訝そうに目を凝らした。

木戸のところで五人の少年が、落ち着きなく右往左往しながら長屋の路地を覗き込んでいた。

「誰に用事がありますか？　呼んできてあげましょう」

　奈々が姉さまらしい声を出すと、少年たちは皆で目配せをし合ってにやにやと笑った。

奈々を訪ねて来たお救い所の子供かとも思っていたが、知らない顔ばかりだ。

「縁切り屋、ってのはここかい？」

「お糸の縁切り屋だよ」

　この中に餓鬼大将がいるわけではないのだろう。少年たちはもじもじしながら、誰ともなく、てんでばらばらに声を上げた。

「ええ、そうですよ。ああ、早速お客さんを連れてきてくれましたか？　ええっと、そのお方はどこに……」

　奈々がきょろきょろと周囲を見回した。

「おいらたちだよ。おいらたちが縁切り状を書いてもらいに来たのさ！」

　少年のひとりが鋭い声で言うと、皆がまたひひっと目を合わせて笑った。

「お前たちが縁切りですって？　まだ子供ではないですか」

「姉さまだって子供じゃねえか。子供が縁切り屋なんだったら、子供が客でもいいだろう？」

言い返されて、奈々はうっと言葉に詰まった。助けを求めるような顔で糸を見上げる。

「わかりました。みんな、お部屋にいらっしゃい。話を聞きましょう」

糸はなるべく大人の威厳を保とうと、低い声を出した。

「ええっ、お糸ちゃん、こんな餓鬼んちょどもの悪戯の相手なんて、してやる必要はありませんよ」

奈々が口を尖らせた。

「いいのよ、お話を聞いてみなくちゃわからないわ」

今ここでこの少年たちを追い返してはいけないと思った。

少年たちは〝縁切り〟という言葉の持つ重さを半分くらいはわかっているに違いない。その言葉を口にするたびに暗い笑みを漏らす。

子供たちが妙に大人びた顔でこの世を嘲るように笑う姿は、傍から見ていて気持ち良いものではなかった。

「さあ、いらっしゃい。いったい誰と縁切りをしたいんですか？」

糸は五人の少年をどうにかこうにか狭い部屋に押し込んで、真面目な顔で訊いた。

少年たちは顔を見合わせて、またあの嫌らしい笑いだ。

肩をぶつけ合ったり「何だよ」「お前が言えよ」「やだよ、お前が言えって」なんてふざけている。子供が楽しそうにしている姿のはずなのに、こちらの心がざわつく。

「それじゃあ、あなたが言いなさい」

糸が手近な少年を手で差し示すと、少年は「ええっ、なんでおいらだよ」と剽軽な声を上げた。

糸が厳しい顔を崩さないので、少々白けた顔をする。

「日暮町(ひぐれちょう)の亀(かめ)って奴さ。亀公に縁切り状を書いておくれよ」

「亀というのは、お前たちの仲間ですね？　皆を叩いたりいじめたりする悪い子なのですか？」

奈々が身を乗り出した。

「そういうわけじゃねえんだけどなあ……」

少年が困った顔をして仲間を見回した。皆、いかにも都合が悪そうに目を逸らす。

「ですが、五人の連名で亀という子に縁切り状を渡すなんて、穏やかではありません。きっと悪い子でしょう？　ね？」

「五人一緒に、じゃないんだよ。皆で一通ずつ、縁切り状を書いてもらわなくちゃいけないんだよ」

「えっ？　どうしてですか？　なんでそんな面倒なことを……」

糸と奈々は、横目でちらりと顔を見合わせた。

「そんなの、おいらにはわかんねえよ」

少年は不貞腐れた顔をして言うと、「なあ？」と仲間を見回す。

仲間たちはまた気まずそうな顔で目を逸らした。

3

「えっと、こう書いて欲しいんだよ。『亀公、おいらはお前が大きらいさ。お前が貧乏で汚くてみっともねえのが、大きらいさ』ってね」

「おいらも頼むよ！『亀公、お前とは縁切りだ。お前って奴はまったく、馬鹿で間抜けなぼんくら野郎だ』ってさ」

少年たちがいかにも可笑しそうに笑う。

亀という子を貶すようなことを言うそのときの、少年たちの顔は残忍だ。

大人の真似をしているのだ。人の悪口を言う大人の顔は、子供にはこんなふうに見えているに違いなかった。

呆気に取られた様子だった奈々の眉間に、すぐに鋭い皺が刻まれた。

「お前たち、待ちなさい。それはいったい、どういうことですか」

妖怪の真似をしているように低くて怖い声だ。

少年たちが薄ら笑いを浮かべたまま、「へ？」と奈々を嘲るように訊き返した。

「お前たちが言っていることは、いじめっ子の言い草です。聞いていれば、ただ亀が嫌いだ、悪い、とそればかり。亀という子のどこに、縁切り状を書かれるような悪いところがありますか」

「亀公は悪いさ。みんな亀公が大嫌いなんだ。あいつはただぼけっと生きているだけで、もう悪いのさ」

「何ですって！　そんなことを、亀のおっかさんが聞いたらどれほど悲しむと思いますか？　なんて根性曲がりの餓鬼んちょどもでしょう！」

奈々が怒りに任せて己の太腿(ふともも)を、掌で力いっぱい叩いてみせた。

少年たちはようやく言い過ぎたと気付いたように、お互い、お前のせいだ、というような目を交わしている。

「もう我慢なりません。お前たちのような悪い子は、この部屋から出て行きなさい！」

鼻息荒く立ち上がった奈々の肩を、糸はそっと抱いた。

「お奈々、ここからは私が代わるわ」

熱い背中を落ち着かせるように撫でてやってから、少年たちに改めて向き合った。

「みんな、お奈々の言うことはほんとうよ。縁切り状を書かれる相手にも、その子を心から大事に思っているおっかさんがいるの。おっかさんはその子を心から大事に思って、この世でいちばん大好きなのよ。あなたたちにとってどれほど嫌な子でも、汚い言葉で無闇に傷つけていいはずがないわ」

「亀にはおっかさんはいねえよ。おとっつぁんも一緒に火事で死んじまったんだ。あいつの側にいるのは、耄碌した婆さんだけさ」

生意気な声を上げた少年を、糸は顔色を変えずにじっと見つめた。

少年はしばらく決まり悪そうに緩んだ顔をしていたが、ついに糸のまっすぐな視線に耐えかねたように、口元を一文字に結んで顔を伏せた。

それを合図にするように、少年たちは皆、泣き出しそうな顔で項垂(うなだ)れた。

「縁切り状は決して書けませんよ。皆で寄ってたかってひとりの子をいじめるなんて、恥ずかしいことよ。わかってくれるわね？」

糸は少年のひとりひとりの顔に目を向けた。

「お返事は？」

少し強い声を出すと、少年たちが慌てた様子で「はい」と頷いた。

しょんぼり肩を落として部屋を出て行った少年たちを、奈々と一緒に路地の入口の木戸まで送って行った。

ようやく解放された少年たちは大人に叱られた決まりの悪さを隠すように、わざと声を上げてはしゃいでいる。

皆の輪に少し遅れて歩きかけた少年が、ふいに振り返り、意を決したような足取りで戻ってきた。

「ねえ、お糸さん。聞いてもいいかい？」

先ほどとは打って変わって遠慮がちな様子で声を潜める。

「なあに？　何でも聞いてちょうだいな」

幼さが戻ってきた少年に安心して、糸は優しい声で身を屈めた。

「お糸さんはさっき、縁切り状は決して書けない、って言ったね」

「ええ、そう言ったわ」

「それは、相手が亀だからかい？　それとも、おいらたちが子供だからかい？」

ずいぶん深刻そうな顔をして、不思議なことを訊いてくる。

「相手は誰でも一緒よ。誰かをいじめることの手助けなんて、決してしません」

糸がしっかりした口調で言い切ると、少年はほっとしたように息を吐いた。

「じゃあ、おいらにも縁切り状は書かないよね？　みんなに、おいらがどれだけ悪い子だって聞かされても、今日みたいにお説教をして断ってくれるよね？　おいら、ほんとうは亀が好きなんだ。縁切り状なんて書きたくないんだ」

涙ぐんだ声で、幾度も念を押す。

「もしかして、次にいじめられるのは己ではないかと怯えているんですか？」

奈々が素早く話に割り込んだ。

「そ、そんなことはないよ。おいらたちは、皆で示し合わせて亀公のことをいじめたりなんてしちゃいないよ。みんなそれぞれが、亀公のことを嫌いなだけさ」

少年が眉を八の字に下げた。

「そんな浅はかな言い草、誰かに吹き込まれましたか？」

奈々が少年の肩を摑んで顔を覗き込もうとすると、少年は素早く身をくねらせて手を振り払った。

「だって、だって、ぜーんぶ、あいつが悪いんだ！　亀公が悪いのさ！」

少年はここへ来たときの小憎らしい顔に戻って、転がるように逃げ出した。

仲間たちは、少年のことを待っていてくれなかったようだ。夕焼け空の広がる大通りを、少年は何かに追いかけられるように一目散に駆け抜ける。

「お糸ちゃん、あの餓鬼んちょどもを、このままにしてはいけませんね」

奈々が顎に手を当てて、難しい顔をした。

4

日暮町は、不忍池(しのばずのいけ)の池之端(いけのはた)にほど近いうらぶれた町だ。火事の前は、家々の間から不忍池の蓮(はす)を眺められる穴場として賑わった。だが今では、沼地の臭いが漂う中に掘立小屋が並ぶ寂しい集落となっていた。

このあたりの川の水は濁って、流れは滞っている。働き盛りの年恰好(としかっこう)をした男たちが、仕事にあぶれた様子でぼんやりとしている姿が目についた。

「やっぱり、お奈々は置いてきてよかったな。あのくらいの餓鬼なんてもんは、家でおとなしくそろばんの練習でもしてりゃいいんだよ」

熊蔵があちこちに鋭い目を向けながら、少し寂しそうに言った。

奈々と同じくらいの年頃の薄汚れた少女が背中に赤ん坊を背負い、ぞっとするような冷たい目でこちらを窺っていた。道で年寄りが堂々と博打(ばくち)の真似事をしていた。子供のものか大人のものかわからない、悲鳴のように甲高い喚き声(わめごえ)がどこかの掘立小屋から聞こえた。

「日暮町には初めて来ました」

糸は熊蔵の背に隠れるようにしながら、声を潜めた。

縁切り状の相手にされそうだった「亀」という名の少年を探しに奈々と二人で出かけようと話していたときに、岩助を訪ねてきた熊蔵に出くわした。

「日暮町だって？　あのあたりは物騒だから、用心棒が必要だよ。俺の出番が来たみてえだね、任せておけ！　お奈々は留守番さ！」

「ええっ、奈々も一緒ではいけないのですか？」

「おい、おいっ、お奈々、頼むよ、わかるだろう？」

熊蔵が糸のほうをちらちらと見ながら、拝むようにこっそり手を合わせる。

「おっと、そうですねえ……。それではお団子二本で手を打ちましょうか」

「そうこなくっちゃな」

二人でにやりと笑い合って話は纏まったが、糸は町の名を聞いたときの熊蔵に漂った緊張に気付いていた。

「お糸さん、そんな怖がっている顔をしてちゃ、よくねえぜ。どこだって住めば都さ。いつものようににっこりしていてくれりゃ、きっと用事はすぐに済むさ」

熊蔵が優しく宥めるように言った。

通りすがりの洟を垂らした五つくらいの少年に「おう、坊主、ちょっといいか？」と気さくに声を掛ける。

「俺たちは、ちょっくらここいらで人を探しているんだ。案内してくれるか？」

少年は見慣れない二人に警戒した目をして、微動だにしない。

「なんだ、お前、口が利けねえのか？　それじゃあ聞いてもわからねえなあ」

少年は今にも泣きだしそうに赤い顔をして俯いている。

「呼び止めて悪かったよ。さあ、行っていいぜ」

「ちょ、ちょっと待ってください。あのね、ぼうや、『縁切り屋さん』を知っているかしら？」

糸が懐から奈々の描いた引き札を取り出してゆっくり問いかけると、少年の目が見開かれた。己を奮い立たせるように大きく息を吸って、吐く。

「ごめんね、知らないならばいいのよ。他の人に聞いてみるわ」

「お、お糸の縁切り屋はこっちだよ！　案内するよ！」

少年が意を決した様子で、弾かれたように大声を上げた。

ずいぶん幾度も練習を重ねたのだろう。湯島のほうをしっかり指さしている。

「なんだ、喋れるじゃねえか」

熊蔵がきょとんとした顔をした。

糸は微笑んで、少年の頭をそっと撫でた。

「ぼうや、騙すようなことを言ってごめんなさいね。私たちが探しているのは亀、って子なの。亀くんはきっととても困っているから、力になりたいの。案内してくれたら、約束どおりにお菓子をあげるわ」

呆気に取られていた様子の少年は、お菓子と聞いた途端にまるで引き寄せられるように大きく頷いた。

5

「なあ、亀兄ちゃん、縁切り屋さんが来たよ」

幼い子供が拙い口調で声を掛けると、煤で汚れて真っ黒な顔をした少年がぎょっとした様子で動きを止めた。

亀はお江戸の真ん中に通じる道から日暮町へ戻ってきたところだった。ずっと足元を見て俯いて歩いてきたのだろう、顔を上げて目をしばたたかせている。

亀は大火で両親を亡くして、年老いた祖母と二人暮らしだと聞いた。きっと小遣い稼ぎにいろんな場所に出向いては、焼けた家の解体を手伝っているのだろう。まだ小さな身体では辛く苦しく、危ない仕事だ。

「……縁切り屋さん」

口をぽかんと開けて、今にも泣き出しそうな顔をした。

この世のすべての望みを絶たれたかのような悲痛な表情だ。

「違うのよ。縁切りを言い渡しに来るはずがないわ。亀くんの力になりたいの」

糸は慌てて大きく首を横に振った。

「亀くんは、みんなからわけもなく傷つけられて、辛い思いをしているんじゃないかと思ったの」

と、亀の目からぽろりと大粒の涙が落ちた。真っ赤な顔が鬼の面のように歪む。

亀が覚えずという様子で糸に向かって両手を差し伸べてから、すぐにはっとしたように手を引っ込める。

「悲しかったわね。もう大丈夫よ」

糸は亀に駆け寄った。しゃがみ込んで優しく背を抱いた。

「うわーん」

亀に嚙り付くように抱きつかれて、尻餅を搗きそうになった。後ろから熊蔵に支えられて体を立て直し、その倍くらいの力で抱き締めてやる。腕の中でいかにも悲し気な泣き声が響いた。

「お前の気持ち、わかるぜ。あんなつまんねえ奴らどうでもいい、って思っちまえたらいいのにな。子供のうちってのは、己ひとりで頑張ったって、そうはいかねえんだよな」

熊蔵も気の毒そうに亀に寄り添った。

案内の少年に懐に忍ばせておいた煎餅の包みを渡して帰してからも、しばらく亀は声を上げて泣き続けた。

馬を連れた人が通りを歩く気配にようやく涙が止まると、亀は照れ臭そうに寂しい笑顔を見せた。

「おいら、えっとね……」

「こんなことになっちまったわけなんて、話さなくていいぜ。どんなわけがあったって、悪いのはあいつらだよ。お前は何も悪くねえさ」

熊蔵が間髪容れずに遮った。

「で、でも、おいらがさ、この間、みんなとの約束を忘れちまって……」

「もしお前が何かやらかした、ってんなら、その日その時に大喧嘩をすりゃいいはずさ。お前らは子供なんだ。人目も憚らず、ぼかすか殴り合ってもお上に咎められずに、思う存分喧嘩ができるはずなんだ。幾人かで長々とお前をいじめて悲しい顔をしているのを面白がって見てるなんて、そんなこたぁ人の道をすっかり外れているさ。決して許しちゃいけねえんだ」

熊蔵が低い声できっぱり言うと、亀の諦めたような瞳に少しずつ力が宿っていくのがわかった。

「私のところに、五人の子が来たの。人を傷つけるような嫌なことを言ったから、しっかり叱って追い返したわ」

糸は彼らが亀に縁切り状を書こうとしていた、ということは敢えて口にはしなかったが、亀にはすぐにわかったようだった。

「ああ、あいつらだろう？　あいつらは嫌な奴らさ。前は毎日一緒に遊ぶ仲間だったくせに、急に掌を返しやがってさ」

わざと頭を掻いたりしながら平気な顔で嘯く亀が、不憫でならない。

「でも、後から私に、ほんとうは亀くんのことが好きだ、と言いに来てくれた子もいたのよ」

「えっ？」

亀の顔が嘘のようにぱっと華やぐ。

糸はよかったわね、というように大きく頷いた。

子供の生きるところというのはほんとうに狭い。その狭い場所で、身近な誰かが己を嫌っているのは死にたくなるほど辛く悲しいことに違いない。一方でたったひとりの味方がいるだけで、目の前のすべてが光り輝く。

私たちは亀の味方になってやらなくては、と改めて心に誓う。

「その子は、何かに怯えているみたいだったわ。きっと、次は、己がいじめられるんじゃないかって憂慮していたの。亀くんと同じように、大した理由もなくいじめられるんじゃないかって」

亀が顔を上げた。先ほどよりもずっと力強い表情でこちらをまっすぐに見る。

「吾太郎(ごたろう)だよ。水車小屋の吾太郎が、皆を怖がらせているんだ」

「そいつが餓鬼大将だな！」

熊蔵がよしっ、と拳を握った。

「そうだよ、吾太郎は乱暴者ですぐに皆のことを殴るんだ。機嫌が悪くなると誰彼かまわず見境なく襲い掛かってくるのが怖くて、誰も逆らったりできないのさ」

「そいつこそが正真正銘の、悪い奴、だな」

悪い奴、と言われて、亀は嬉しそうに大きく頷いた。

「そうだよ、吾太郎は俺たち仲間だけじゃなくて、小さな子を泣かせたり、お年寄りを蹴っ飛ばしたり、ほんとうに悪い奴なんだ。ここいらのおじさんたちは、吾太郎のことを〝糞餓鬼〟なんてそっくりそのままの綽名で呼んでいるよ」

「まあ、そんな綽名ってないわ」

汚い言葉に驚いた。それに、急に生き生きした様子になった亀の姿にも。

「そうか、そうか、俺たちに任せておきな。その根性曲がりの〝糞餓鬼〟を成敗してやる。お前をいじめたことを心から後悔して、この世でいちばん良い子になります、って心を入れ替えるまで、とことんぶちのめしてやるからな！」

「もう、熊蔵さんったら。私たちはそんな鬼退治みたいなことはしませんよ」

糸が首を横に振ると、熊蔵がぺろりと舌を出した。

「鬼退治だってさ！　吾太郎退治にぴったりだ！　お兄さん、頼むよ。あいつはほんとうに悪い奴なのさ！」

亀が心から嬉しそうに歓声を上げて、両手を叩いた。

6

亀、そして吾太郎のことが気にかかりつつも、朝になればまた銀太のお救い所に行かなくてはいけない。

今朝は少々ぼんやりしながら部屋の片付けをしていたせいで、気付くと隣の部屋が静かになっていた。岩助はとっくに仕事に出て、奈々は表で糸を待っているに違いない。

糸が慌てて身支度をして外へ出ると、「ああ、お糸ちゃん、おはようございます！」と驚くほど大きな声が響いた。

「さ、さ。はやくお救い所へ参りましょうね。今日も私たちは懸命に働いて、病人のお役に立たなくてはいけませんよ」

糸の手を握って晴れた空の向こうを指さす。

「お奈々？　路地で何をしていたの？」

おやっと感じるものがあり、首を傾げた。

「へ？　何もしておりませんよ。奈々はそこの桜の木の下で、お糸ちゃんを待っておりました」

枝があちこち折れた桜の木には、小川の底の水藻のようにみずみずしい緑色の葉がいくつか見て取れた。

「どうしてわざわざ路地の入口のところに？　私の部屋に呼びに来てくれたらよかったのに」

「え？　ああ？　そ、そうですねえ。ちっとも気付きませんでした。次からはそうしましょう。そうだ、そうだ、そうしましょう」

奈々は目を泳がせて、必死で誤魔化す。

と、藤吉の部屋の戸が開いた。

「おう、お糸。おはよう。これから仕事かい？　銀太先生にどうぞよろしくな。おかげさまで豆餅はこんなに可愛らしく良い猫になりました、っとな」

藤吉が懐に抱いた豆餅に頰を寄せる。豆餅が、わかったわかった、とでもいうような顔でさりげなく藤吉の頰を押しのける。

「おはよう、藤吉兄さんも今日から忙しくなるわね」

材木河岸に船が着いてから数日は、木挽の藤吉は目が回るほど忙しい。

「おうよ、ここのところ風が強くて幾日も船が上がれなかったからな。久しぶりの仕事で腕が鳴るぜ。俺は暗くなるまで戻れそうもねえから、豆餅をおイネ婆さんのところに預けに行かなくちゃな」

「まあ、ずいぶんな箱入り猫ね」

糸はくすっと笑った。

「そうさ、豆餅はこの世で一番可愛らしい上に、よく仕込まれた犬のように人懐こいからねえ。さっきみてえな腕白坊主どもが一斉に押し寄せて、お人形がわりに攫（さら）われたらたいへんだよ」

「え？　腕白坊主？」

繋いだ奈々の手がびくりと強張った。

「あいつら、揃ってお奈々を訪ねてきたんだろう？　朝っぱらから路地の入口できいきい大騒ぎしやがって、うるせえったらねえぜ。なあ、豆餅。せっかくお前は可愛らしい顔で朝寝をしていたってのにねえ」

藤吉が豆餅にとろけるような笑みを向けて、奥のイネの部屋へ向かった。

「お奈々、何のこと？」

糸は真面目な顔をして奈々に向き合った。

奈々は藤吉の後ろ姿にちらりと不満げな目を向けてから、ふうっとため息をついた。

「あの五人の餓鬼んちょどもがまたやってきました。朝早くから木戸のところをうろうろして、今度はすごく困った顔をしているんです。おいらたち、縁切り状を書いてもらうまで日暮町に帰れないんだ、なんて、今にも泣き出しそうでした」

「吾太郎って子に命じられたのね」

糸の言葉に、奈々は厳しい顔で頷いた。

「だから、奈々が代わりに縁切り状を書いてあげたのです。文面は、お糸ちゃんのお部屋から聞こえてくるものを真似て、それらしく仕上げました」

「えっ？」

仰天して聞き返した。

「駄目よ、勝手にそんなことをしたら」

考えてみれば、奈々は大人顔負けの美しい字を書くことができる。その上一度聞いたものはすっかり覚えてしまうくらい、賢い子だ。子供相手に、縁切り状の体裁を整えることくらいお茶の子さいさいに違いない。

「駄目なことはわかっていました。お糸ちゃんに怒られるのもわかっていました。けれど、あの餓鬼んちょどもは、おとっつぁんが家を出る刻にはもうそこで待っていたのです。お天道さまが昇りきる前なのですごく寒くて、鼠の子のように身を寄せ合って震えていました」

脳裏に広がる光景に、糸も覚えずして眉を八の字に下げそうになる。

「でも、いけないわ。そんな縁切り状を皆から送られて、亀くんはどれだけ悲しむと思うの？　お奈々はそれをわかっていたはずでしょう？」

「はい、ですから……」

奈々が、これを言って糸に叱られるか褒められるか窺うような顔をした。

「縁切り状の宛名を、吾太郎、という子に変えておきました」

「何ですって？」

「あの餓鬼んちょどもは字が読めないので、それにはちっとも気付いておりません。それに、よくよく話を聞くと、亀という子はこれから数日、夜明けから日暮れまで材木河岸の手伝いに出ることになっているので、縁切り状を渡す機会なぞないそうです。すぐに縁切り状を書いてもらって来いと騒いでいるのは、吾太郎という悪い子です。奈々の書いた縁切り状が吾太郎の手に渡ったら、いったいどんなことが起きるでしょうか？」

「どんなことが起きるのか、って……」

縁切りの相手の心が見えるという糸の力は、糸本人が書いた縁切り状にしか効き目がないはずだ。そうでなくては困る。

「ねえ、お奈々、聞いてちょうだい。あなたがしたことは、いけないこと。もう二度とそんなことをしては駄目よ」

やっぱり怒られるのか、という顔で、奈々が肩を落とす。

「人の縁は、あなたが思うように動かせるわけじゃないの。あなたの賢さは、人を幸せにする良いことだけに使いなさい。知恵を絞って悪い子をぎゃふんと言わせたいなんて、そんなことは考えちゃいけないわ」

「昔話でも、悪い奴は成敗しなくてはいけないと言っております」

奈々が唇を尖らせた。

「そんなことは、大人に任せておきなさい。そのために私たち大人がいるのよ」

糸は一息に言い切って、奈々の頬をちょんと突いた。

「お奈々の書いた縁切り状は、明日には取り戻してこなくちゃいけないわ」

「熊蔵さんも一緒に、ですね？」

「ええ、そうね。ちゃんと縁切り状を取り戻してから、吾太郎くんのことは熊蔵さんにきっちり叱ってもらいましょう。熊蔵さんは怒るととっても怖いから、きっとどんな悪い子でも心を入れ替えるわ」

糸は奈々の頭を撫でて、優しく微笑んだ。

「……お糸ちゃん、ごめんなさい」

奈々は拗ねた顔をしながらも、糸の目をまっすぐに見た。

7

泥で濁った湯の中を揺蕩(たゆた)うような夢から、はっと目覚めた。

「……違うわ」

拳を強く握って、思わず跳ね起きそうになる身をどうにか抑えた。

呆然として天井を見つめる。眠りながらも、糸は胸の内でずっとこのことを考えていたのだ。

縁切り状を送り付けられた者たちの〝生霊〟。

糸が縁切り状を書いたら、不思議な力で得体の知れないものがこの部屋にやってくる。

今までそう思い込んでいた。

だが違う。

人の縁で大きな傷を負った人の想いは、必ずその身から離れて相手の周りを、関わりのある人の周りをうろついている。皆はそれに気付かずに、傍らで恨み言を呟き続ける影とともに平然と暮らしているのだ。

糸には、ただその姿が見えてしまう、というだけだ。

「……お奈々」

すっと身体が冷たくなる。

隣の部屋の壁に目を向けると、奈々と岩助の大きな鼾が二人重なって響いた。

奈々には頼もしい父親がいる。岩助ならば、どんなに暗く陰鬱な人の想いからも、必ず奈々を守ってくれるはずだ。

しかし万が一にも、岩助が眠り込んでいる隙に奈々が目を覚ましてしまったら、という不安も消えない。

「お願いよ。何か伝えたいことがあるなら、お奈々ではなく、私に教えてちょうだい」

吾太郎という少年に話しかけるように、できる限り優しく呟いた。

「誰かをいじめるのなんてやめて、みんなで仲良く遊びましょう。人と仲良くするのは楽しいこと、幸せなことよ。吾太郎くんだって、ほんとうは毎日にこにこ笑っていたいでしょう？　吾太郎くんの素直な気持ちを聞かせてくれるわね？」

部屋がゆっくりと暗くなった。

え？

最初は月に雲がかかっただけかと思った。だが、この暗さはただごとではない。

まるで己の目が見えなくなってしまったのではと身構えるような、一筋の光も入らない真っ暗闇だ。

糸は身を強張らせて、横たわったまま動きを止めた。

背中が冷たい。

土の中に残っていた真冬の寒さが這い上がってくるような。身体の熱がすべて吸い取られてしまうような。少しずつ指先と爪先が凍っていく。

吾太郎くんなの？

口を開こうとしたが声が出ない。手足がまったく動かない。

わっと全身に鳥肌が立った。

目隠しをされ、猿轡を嚙まされて、手足を縄で縛られているのだ。

子供の泣き声が聞こえた。続いて、乱暴に歩き回る大きな音。

己の身体のすぐ上を誰かが歩いている。ここは床下だ。

「吾太郎兄ちゃん、吾太郎兄ちゃん……」

か細いすすり泣きの声。まだようやく言葉を話せるようになったくらいの女の子だ。

「うるせえぞ、この糞餓鬼が！　まったく、兄貴坊主も糞なら、妹のほうも二六時中ぴいぴい泣き喚きやがって。おまけにこんなみっともねえ不器量ときていやがるから、売り飛ばすこともできやしねえや！」

女の子は火が付いたような悲鳴を上げて泣いた。きっと叩かれたのだ。

「うるせえぞ！　お前も、兄ちゃんみてえになりてえか！」

何かを投げる大きな音が響き渡った。

泣き声がぴたりと止んだ。ひっくひっくとしゃくり上げる音だけが聞こえる。

糸の身体がどんどん冷たくなっていく。もう、どう奮闘しても己の力だけでここから抜け出すことはできないとわかる。

このままでは……。

薄れかける意識の中で、頬を熱い涙が流れていることを感じた。この世のすべてを諦めて、何を恨めばよいかさえもわからない、ただ悲しく静かな涙だ。

胸に灯る命の灯（とも）が、覚束なく小刻みに揺れた。

「へっくしょい！」

イネの部屋から大きなくしゃみの音が聞こえたと同時に、すべてが消えた。

慌てて跳ね起きる。嘘のように身体が楽になっていた。

「吾太郎くん……」

しばらく呆(ほう)けたようにぼんやりとしてから、はっと身を震わせた。

勢いよく障子を開ける。

空は僅かながら明るくなっている。糸に起こされたのか、早起きの雀(すずめ)がちゅんと一声だけ鳴いた。

「たいへん。助けに行かなくちゃ！」

どうか間に合って欲しい。

糸は取るものもとりあえず、まだ暗い路地へ転がり出た。

8

熊蔵と一緒に日暮町へ続く通りを急いでいると、前から風呂敷包みを首に括り付けた亀が眠い目を擦りながらやってきた。

「亀くん！　これから材木河岸のお仕事ね。間に合ってよかったわ！」

糸が息を切らせて手を振ると、亀は怪訝そうな顔をした。

「この間の、縁切り屋のお糸さんたちだね。こんな朝早くに、吾太郎のこと成敗しに来てくれたのかい？」

亀はまだ明けきらない空を見上げて、首を傾げる。

「おい亀、吾太郎の家ってのはどこだ？　確か水車小屋……って言ったな？」

「あ、そうか。吾太郎の家を教えるのを忘れていたね。吾太郎の家は、ちょうど川が二股に分かれるところにある水車小屋さ。けど、水車小屋っていっても、水車はとっくに壊れて使いものにならなくなっちまったあばら家だよ。雑草がこんなに、おいらの背丈よりも伸びているから、ちょいと通りかかったくらいじゃあそこに家があるのはわからないかもしれねえなあ」

「案内してくれるか？」

「えっ？　吾太郎のところにかい？　嫌だよ」

熊蔵の切迫した様子に、亀がひどく怯えた表情を見せた。

「頼む、吾太郎がたいへんなんだ。今頃、猿轡を噛まされて、手足を縛られて、床下に転がされてるんだ」

「……もしかしてそれ、偽物のおとっつぁん、って奴にやられたのかい？」

「なんだ、事情を知っているのか？」

「ひと月くらい前に、吾太郎の家に偽物のおとっつぁんが来たのさ。おっかさんが働きに出ている間、その偽物のおとっつぁんが吾太郎と妹の面倒をみてるらしいんだ。そいつが来てから吾太郎は急に乱暴になって……」

「そうか、ようくわかったぞ。その男が、吾太郎を床下に隠していやがるんだ。おっかさんには、勝手にどっかに家出したとでも話しているんだろうさ。なんて野郎だ！」

熊蔵が握った拳を震わせた。

「やっぱりそうなんだ！　吾太郎、そいつにいじめられていたんだね！」

亀の目に涙が浮かんだ。

吾太郎の苦しみをまるで我がことのように顔を歪める。

「助けなくちゃ！　吾太郎を助けなくちゃ！　おうい、みんな、吾太郎がたいへんだ！」

亀が大声を上げて走り出すと、建物の影から不安そうな顔をした子供たちが飛び出して、一斉に集まってきた。

ようやく朝陽が昇り切った白い空が暗い川の水面に映っている。

風のない日だ。水紋が不穏に広がる光景に、誰かが水辺にいるのだとわかった。

漬物石を投げ込んだような大きな水音。水がたくさん入った桶を蹴飛ばしたような水飛沫が上がる。

「運が悪かったな。化けて出るなよ」

男の笑い声が聞こえたその時、傍らの熊蔵が弾かれたように飛び出した。

「わ！　なんだ、なんだ！」

鈍い音が響いたかと思うと、痩せて背を丸めた男の影が、身構える間もなくその場に崩れ落ちた。

「みんな、大人を呼んできて！　すぐによ！」

糸は子供たちを集落へ走らせると、慌てて熊蔵を追いかけた。

「お糸さん、来るなっ！」

叫び声が響いた直後、熊蔵の姿が水の中に消えた。先ほどと同じ大きな水音。

「熊蔵さん！」

さほど流れが速いわけではないのに、熊蔵の姿はいつまでも上がってこない。

嘘だ、嘘だ、と胸の内で唱えながら、震える手を握り合わせる。

「お願い、上がってきて！　熊蔵さん！　吾太郎くん！」

男が川の流れに投げ捨てたのは、縛り上げられた吾太郎だ。

「お願い、お願いだから……」

そんなはずはない。あの熊蔵が子供を助けようとして溺れてしまうなんて。そんなことあるはずがない。きっと熊蔵は戻ってくる。熊蔵ならば大丈夫だ。

顔を歪めたら涙がとめどなく流れ落ちた。

「お糸さん、受け取ってくれ！」

怒鳴り声に咄嗟に身構えると、糸の腕の中に米俵の何倍もの重さの塊が飛び込んできた。

「きゃあ！」

雑草の中に尻餅を搗いた。と、腕の中で傷だらけの顔をした少年が酷く咳き込んでいた。

「吾太郎くんね！　ああ、よかった！」

慌てて手足の縄を取り去り、力いっぱい抱き締める。

今にも命の灯が消えてしまいそうな冷え切った身体だ。

考える間もなく己の着物を脱ぐと、抱いた子供の背に掛けて温めた。

「よく頑張ったわね。もう平気よ」

声を掛けていると、すぐ側で騒ぎ声が聞こえた。

「お前、下谷で盗みをしやがったヤスだな！　こんなところに潜り込んでいやがったのか！」

熊蔵が殴り倒した男を、たくさんの大人たちが取り囲んで詰め寄っている。

「……吾太郎」

振り返ると亀が泣きべそをかきながら、吾太郎を覗き込んでいた。ほかの子供たちも一緒だ。

吾太郎は白い顔をして目を開けた。

「亀、お前、……なんで、こんなところにいるんだよ」

どうにかこうにか、憎たらしい声を出す。

「お前が死んじまうかもしれねえ、って聞いたからだよ！」

亀が大きな声で叫んだ。

「へえ、おいらが死んだら、もういじめられねえで済むのにさ」

「馬鹿なこと言うんじゃねえよう！　死んだら、死んじまったらおしまいじゃねえか！

仕返しだってできやしねえや！」

亀の泣き声に釣られて、子供たちは皆、えんえんわんわんと泣き出した。

「吾太郎、よかったな」

「吾太郎、また遊ぼうな」

「吾太郎、早くその怪我治せよ」

仲間たちに囲まれた吾太郎は、照れ臭そうにはにかんだ。

「おいらは強いぜ。こんな怪我なんて、すぐに治っちまうさ」

この子が仲間を次から次にいじめている悪い子だなんて想像さえできないような、純真で可愛らしい声だった。

「お糸さん、ありがとうな。あんたはさすがだよ」

振り返ると、頭の先から足の先まで濡れ鼠の熊蔵が肩で大きく息を吐いていた。

なぜか、わざと糸から顔を背けるようにしている。

「熊蔵さん！　おい、みんな！　この人が吾太郎のことを助けてくれたんだよ！」

亀が歓声を上げた。

険しい顔で男を小突いていた大人たちが、はっと顔を見合わせた。

「あんたはこの子の命の恩人だよ。ここいらの皆に代わって礼を言うよ」

いちばん年かさの老人が、熊蔵に深々と頭を下げた。

「いやいや、参ったな。当たり前のことをしただけさ」

熊蔵は後ずさりをしながら、

「俺のことはいいから、まずはあの人に何か羽織るもんを貸してやっておくれよ。まともに顔を見て礼を言うこともできねえや」

熊蔵が顔を脇に向けて糸を示した。

「えっ、やだ、たいへん」

糸は襦袢（じゅばん）から胸元を丸出しにして吾太郎を抱き締めていたことに、初めて気付いた。

9

「早く、早く！　お糸の縁切り屋はこっちだよ！」

子供たちの燥ぐ声に顔を上げた。

「こらっ！　お前たち！　そんな大きな声を出す人がありますか！　縁切り、というのは人目を忍んで行うものですよ。そんな大騒ぎでやってきたら、お客さんが恐れをなして逃げ出してしまうではないですか！　あら、あなたがそのお客さんでいらっしゃいますね。餓鬼んちょどもが失礼をいたしました。どうぞ、どうぞ、こちらへ」

子供たちを叱りつけていた奈々が、急に愛想の良い裏声を出した。

「お糸ちゃん、お客さんですよお」

まだまだ日が高くて表は明るい。縁切り屋の店開きには早すぎる。

糸は驚いて表へ出た。

「あらっ、吾太郎くんね。それに亀くんも」

吾太郎は小さな妹を背負って、えっちらおっちらと重そうに歩く。亀はその妹の尻を後ろから支えてやっている。この間この路地にやってきた〝餓鬼んちょ〟どもも従えて、何とも楽し気にふざけながらやってくる一行だ。

子供たちの輪の中には、ひとりの痩せた女の姿があった。

「お糸さんだね、私は吾太郎の母親だよ。この子を助けてくれたってね。ありがとう、恩に着るよ」

女は糸の両手を握り締めた。

吾太郎は母の着物を握って、幸せそうに目を細めている。この数日で顔の痣の色がずいぶん薄くなっていた。

「助けたのは、私じゃなくて熊蔵さんですよ。熊蔵さんが川に飛び込んで吾太郎くんを助けたんです。私はただ吾太郎くんのことを受け止めた、ってだけです」

慌てて首を横に振ると、吾太郎の母は頷いた。

「すべて聞いたさ。あんたの男運、羨ましいよ」

決まり悪そうに笑ってから、すぐに真面目な顔をした。

「縁切り状を書いて欲しいんだよ。相手はもちろん、お上に捕まってるあの男さ」

吾太郎の母が、我が子の身体を強く引き寄せた。

「書いておくれ！　縁切り状を書いておくれ！　あんな奴、縁切りさ！」

子供たちがわっと歓声を上げた。

「情けないったらないよ。私はあいつの言った『吾太郎は仲間の家へ行ったぜ』なんてことを信じ込んでいて、この子が危ない目に遭っていたなんて、ちっとも気付かなかったんだ。吾太郎、悪かったよ。ほんとうにごめんね」

「いいんだよ。おっかさん、おいらは平気さ」

澄んだ声で答える吾太郎に、糸は密かに息を呑んだ。

この母の男から、命を脅かされるような目に遭ったばかりだというのに。あまりにも健気に母を慕い続ける吾太郎の想いに圧倒される。

吾太郎の母は、糸の顔色が変わったのに気付いたようだ。

「それじゃあお前たち、しばらく路地で遊んでおいで」

「いいですよ、奈々が案内しましょう。さあ、こっちこっち。おっと、ひとりで溝に行ってはいけませんよ」

奈々が山羊（やぎ）の群れを束ねるように子供たちを手際よく集めた。

「さ、ここからは大人の話だ」

吾太郎の母が、歓声を上げて遊ぶ子供たちの姿に目を細めながら、声だけは低く言った。

「ねえ、お糸さん、私、子供たちのことが邪魔だったんだ」

冷や水を浴びせかけられたような気がした。

糸は身体を強張らせる。

「大事に大事に、可愛がっていたはずだよ。己が飢えても、あの子たちだけは守ろうって思っていたはずなんだ。子供たちは私のすべてだった。それがあの男に出会った途端、ぱたん、と引っ繰り返っちまったんだよ」

女が呆けたように言った。

「あの男に初めて抱かれたそのときに、ああ、私は子供なんていらないんだ、って。鬼に変わっちまったんだ。あいつが吾太郎や娘を邪険に扱っていたのに気付いていなかったはずはないさ。吾太郎のことを幾日も泊めてくれるような家なんてない、ってことだって、胸の奥では知っていたんだ」

「やめてください。そんなはずはありませんよ。心にもないことを口に出してはいけません」

糸は広がる鳥肌を押さえるように、両腕を前で組んだ。

「吾太郎を殺そうとしたのはあの男じゃないさ。あんな男と縁を結んだ、私なんだ。あんな男を引き寄せた、私の醜い甘ったれた心さ」

桜の木の下で、吾太郎が名を呼ばれたかと振り返った。

「おっかさん！」

満面の笑みで大きく手を振る。

女は母親らしい優しい顔で手を振り返した。

「人の縁ってのは怖いもんだよ。縁の結び目がきっかけで、人は菩薩(ぼさつ)さまにもなれば、鬼にも変わる。私だって若い頃にはさんざん男遊びをしてきたってのにね。そんな大事なことを、ちっともわかっちゃいなかったんだ」

女は悔し気に顔を歪めた。

「もう男はこりごりさ。これから私は心を入れ替えて、あの子たちのために生きるさ」

女が子供たちに背を向けて、糸に向き合った。

「ええ、それが良いと思います」

どうかそうであって欲しい。糸は沈痛な面持ちで頷いた。

「信じていない顔をしているね。なら、これを見ておくれ。縁切り屋のあんただけは、私の覚悟を見届けておくれよ」

女が子供たちに見つからないくらいのさりげない仕草で、着物の裾を開いて見せた。

「えっ」

女が示してみせた内股に異様な光景が広がる。

「こ、これ、ひょっとこ……ですか？」

女の内股に描かれているのは、ほっ被(かむ)りをして口を窄めて踊る、剽軽なひょっとこの姿だ。それも褌一丁で汚い尻と弛(たる)んだ腹を出し、団扇(うちわ)を手にひどく酔っぱらった中年男のひょっとこだ。

ひょっとこは思わずぷっと噴き出してしまうような、気が抜けてしまうような明るい様子で、女の内股で踊る。

なんてもったいない、という言葉が浮かぶ。まだまだ白く艶やかな女の肌が、この馬鹿らしい彫りもののせいで台無しだ。

いったいどれほど恐ろしい覚悟の傷跡があるのかと身構えていた糸は、どんな顔をして良いやらわからない心持ちで女を見つめた。

「見たこともないくらいみっともない刺青だろう？　こんな珍妙な絵を内股に入れた女を抱く男なんて、どこにもいやしないよ。どんなに色っぽく盛り上がっていたって、股を開いてこのひょっとこを見せたら、相手は興醒めだ」

女はにやりと笑った。着物の裾を閉じる。

「縁切り状を書いてくれるね？　私を鬼にする悪縁をすっぱり切り落とす、相手にぐうの音も言わせない、縁切り状だよ」

女の目が鋭く糸を捉えた。

「……はい、喜んで書かせていただきます」

糸は気圧された心持ちで頷いた。

「ありがとう。私はあんたが羨ましいよ。あんたの熊蔵ってのは、心根がまっすぐで、人の幸せのために労を惜しまない、ご立派な男なんだろう？　あんないい男、いったいどこに落っこちていたんだい？」

女がふっと気を抜いたように笑った。

「おっと、くれぐれも覚えておいでよ。男のツラなんてもんは、気にしちゃいけない。ちょっとくらい団子っ鼻でもまん丸い目でも、どうでもいいのさ。そいつのお陰であんたが良い顔になるか、ってことのほうが幾倍も大事なんだからね」

そんな冗談を言って糸に目配せをしてみせる。

「さあ、お入りくださいな。急いで縁切り状を書きましょう」

糸が少し眉を下げて女を部屋に案内しようとしたとき、背後で銭が散らばる音が響いた。

「なんだい、この襤褸(ぼろ)財布！」

盛大な舌打ちの音に、路地に出てきたイネだと気付く。

表に買い物に出ようとしたところで、財布代わりの巾着袋が破れてしまったに違いない。

「婆さま、平気かい？」

子供たちがわっと駆け寄ってきて、「あった」「こっちもあったぞ」なんて言い合いながら、あっという間に散らばった小銭を集めた。

「ひぃ、ふう、みぃ、よ。ああ、ぴったりだ。なんて良い子たちだろうね。年寄りに親切にしてくれて、ありがとうね」

抜け目なく銭を数えたイネは、無事にすべて戻ってきたとわかると菩薩さまの笑みを浮かべて礼を言った。

「婆さま、貸してごらんよ。その巾着袋、裏返してそこんところに紐を通せば……」

吾太郎がイネの巾着袋を器用に直すと、子供たちが目を輝かせて「すごいや」と手を叩いた。

「ああ、助かるよ。いい子だ、いい子だ。あんたは、この世でいちばんお利口だ」

イネの大仰な言い回しに、子供たちは顔を見合わせてくすくす笑う。

「おイネ婆さま、この子はついこの間まで、いちばん悪い子と言われていたのですよ。それがあっという間に、こんなに良い子になりました。いったいどうしてでしょう？」

奈々が不思議そうに訊いた。

「悪い子だって？　そんなもんはいないよ。子供ってのは、みんな良い子さ」

イネが馬鹿を言っちゃいけない、というように首を横に振った。

「いつも厳しいおイネ婆さまらしくもない、いかにもお年寄りのような優しいお言葉ですね。奈々は、仲間をいじめたり乱暴なことをする子のことは、悪い子、と言ってしまっても良いと思いますが」

奈々は少々不満そうだ。すぐに、

「あ、吾太郎くんのことを言っていませんよ。吾太郎くんは、みんなにこれまでのことをきちんと謝ることができた、良い子ですからね」

なんて気を回す。

「悪い子、ってのがいるとしたら、それは周りの大人が悪いのさ。父親や母親なのか、偽物のおとっつぁんやおっかさんなのか、近所の人なのか、お師匠さんなのか。悪い子なんて言われる子の近くには、どこかに必ず悪い大人がいるのさ」

イネがさらりと言った。

「大人が力いっぱい可愛がってやれば、悪い子、なんて、いとも容易く成敗できるもんさ」

いつの間にか外はすっかり春の陽気だ。日差しが温かく身体に染みわたる。

うららかなそよ風の中に、子供たちの歓声が響き渡った。

第五章　お守り

1

作事の真っ最中の大工たちで賑わう霊山寺に、子供たちの声が響き渡る。

「わあ、お兄さん、お姉さん、そこに握っている包みはお団子だね。そんなにたくさんあるってことは、ご住職だけじゃあ食べられないよ。もしかしておいらたちへのお土産かな？」

「お姉さん、手を繫いでもいい？　あっちに綺麗な桃色のお花があるのよ。一緒に見に行きましょうよ」

「お兄さん、抱っこしてくれよう」

糸と藤吉が境内に一歩足を踏み入れた途端、霊山寺に預けられている子供たちがわっと集まってきた。

お救い所で奈々と働く子供たちや、日暮町の〝餓鬼んちょ〟たちと比べて、ずいぶん人懐こく物怖じしない子供たちだ。

住職は寺で面倒をみている子供たちを、ときには厳しく、ときには優しく、心から慈しんでいた。だが、こんなにたくさんの子供たちの父親と母親の代わりをたったひとりで務めるには、目が行き届かないところも多々ある。

代わりに信心深い檀家の人々や、かつて霊山寺で育てられた兄貴姉貴分が、入れ替わり立ち替わりやってきては子供たちに何か食べさせたり、遊んでやったり、ときには即席の手習い所を開いたりと、さまざまな手伝いをしていた。

糸自身もそんな心優しい人たちにずいぶんと良くしてもらった思い出がある。

今日は、ようやく仕事がひと段落してまとまった金が入ったという藤吉と二人で、あの頃を思い出して、子供たちにお団子を届けにやってきたのだ。

「二人とも、よく来てくれたね。まだまだ暇はあるんだろう？　お茶を出すからゆっくりしていきなさい」

住職は藤吉の着物の袖を摑むようにして、いそいそと奥へと招きいれる。親の家に顔を見せに戻る、というのはこういう感じなのだろうか、と胸が温かくなった。

「お前たちは、もっともっと表で遊んでいなさい。大人には大事なお喋りがたくさんあるんだよ。後で、美味しいお団子が待っているよ」

住職が冗談めかして言うと、糸と藤吉の腕にぶら下がるようにして纏わりついていた子供たちが、「お団子！」と叫んで、蜘蛛の子を散らすように駆け出した。

「お糸、噂は聞いたよ。熊蔵という男は立派なものだ。見ず知らずの子供を助けるために水に飛び込むなんて、頭で考えてできることではないぞ。常に心根がまっすぐで人の幸せを願っているような者でなければ、そんな場面で咄嗟に身体が動くはずがない」

住職が湯呑みを手に、この世は捨てたものではない、と豊かな顔で笑う。

「熊って奴は、そんな仏さまみてえな男じゃありませんよ。熊って名のとおりの、馬鹿力だけが取り柄で熊面のぼけっとした奴です。きっとお糸の前だから、ってんで、格好つけたのが偶然うまく行っただけですよ」

冗談を言う藤吉も、仲間の熊蔵のことが誇らしげだ。

「もちろん、二人の噂も聞いているよ」

住職が優しい目をして糸に向き合った。

「そう、そう、そうなんですよ。熊はお糸に心から惚れ込んでるってのに、お糸のほうは稀代(きたい)の悪女みたく翻弄しっぱなしなんです。俺は、見ていてさすがに熊が気の毒ですよ」

「藤吉兄さん、そんな言い方やめてちょうだいな」

糸が膨れっ面をすると、藤吉が素知らぬ顔で肩を竦めた。

「お糸は、熊蔵に想いはないのかい？　熊蔵に好かれては困ると思っているのかい？」

住職に優しく問われて、糸は黙った。

小さく首を横に振る。

「いいえ、熊蔵さんはとても素晴らしい人です。今回のことだって、ご住職の言うとおりです。熊蔵さんはほんとうに心根がまっすぐで人の幸せを願う人なんです。私も熊蔵さんのことが大好きです」

だがこれは男女の縁を結ぶ恋心とは違う。

今まではそう思っていた。

しかし熊蔵が吾太郎を救ったあの日を境に、己の中で少しずつ何かが変わってきているのを感じていた。

吾太郎の重い身体をこの手に抱き留めたとき、危険を顧みずに子供の命を救った熊蔵の行いの重みをひしひしと感じた。

そして熊蔵の活躍は、読売（よみうり）に書かれてお江戸でたいへんな噂になった。

熊蔵自身は、皆に褒めそやされても恥ずかしそうにしているだけで、少しも驕（おご）り高ぶることはなく普段のままだ。

けれど、熊蔵がいつものようにぶらぶら歩いているだけで、通りすがりの人たちに、目に見えてほっと優しい笑みが浮かぶようになった。

「熊蔵、ほんとうにありがとうね」なんて子を持つ親に言われて「あんたの子を助けたわけじゃねえぜ」と嘯いている熊蔵の姿に、皆が心からの安らぎを感じているのがわかる。

良い心を持った者、誰かのために良い行いをした者、というのは、ただそこにいるだけで皆を幸せにする力を放つのだ。

「ならば、近いうちに良い知らせが聞けそうだ」

住職の言葉が、白湯を飲んだように温かく少しずつ身体に沁みていく。

意を決して頷こうとしたとき、玄関先で騒々しい笑い声が響いた。

「ご住職、ご住職、お澄さんが来たよう！　今日は、ご住職に用事があるんだよう！」

「はいはい、みんな、すぐにご用事を済ませたら、帰りにたくさん遊んであげますからね」

子供たちが小山のようになって、次々に飛び掛かってきているのだろう。きゃあ、やめてちょうだいな、と笑い声を上げる若い娘の声は、澄という名のとおりどこまでも澄んで朗らかだ。

「お澄さんでしたか。まあ、お久しぶり！」

糸が廊下へ出ると、よく知った顔が「お糸ちゃん、会いたかったわ」と親し気に笑った。

澄は霊山寺に出入りしていた花問屋のひとり娘だ。

住職とは先代からの付き合いなので、母親や祖母と一緒に幼い頃から霊山寺に訪れては、子供たちの面倒をみてくれる心優しい娘だった。糸より三つほど上の姉さまだ。

糸が大きくなってからは、忙しい寺の仕事の合間にこっそり檀家の人の噂話などをしたりして、姉妹のように他愛ないお喋りをした仲でもあった。

澄の生家も大火で苦労をしていないはずはない。だが、華やかではないが小ざっぱりした麻の葉小紋の小袖に、酉を象ったどこか丸っこく可愛らしい帯留めという装いは、糸が霊山寺にいた頃のままだ。

「はじめまして、澄と申します。あなたが熊蔵さんでいらっしゃいますか？　お噂はかねがね……」

「い、いや、お澄さん、俺は藤吉だよ。十三まではここにいただろう？　忘れちまったのかい？」

「まあ、藤吉くんね！　いやだ、ちっともわからなかったわ！」

澄が両掌をぽんと鳴らした。

「なんだい、そんなに顔は変わっちゃいねえはずだよ。俺なんかは、お澄さんの思い出にはちっとも残っちゃいねえ、ってことだね」

「とても立派になったから、すぐにはわからなかったのよ。確かに、小さい子たちに優しくて、いつもみんなに頼られていた、あの藤吉くんだわ」

澄が懐かしそうな目で藤吉を見つめると、藤吉は「そ、そうかい？」と少々恥ずかしそうに頭を掻いた。

「三人で、しばらくお喋りしておいで。私は、子供らにお団子を配る約束を果たさなくてはな」

住職が団子の包みを手に、腰を上げた。

「お糸ちゃんがここへ来るって聞いて驚いたわ。ほんとうは子供たちに会いに来るのは月に数回、決まった日だったんだけれど、慌てて予定を合わせたの。どうしてもお糸ちゃんにお願いしたいことがあったから」

住職の遠ざかっていく足音に耳を欹（そばだ）てるようにして、澄が言った。

「お澄さんがお糸に頼みたいこと、ってのは、いったい何だい？」

藤吉が怪訝そうな顔をした。澄の肩越しに糸に目を向けて、首を傾げてみせる。

「お糸ちゃん、縁切り屋さんをやっているのよね？　私、偶然道に落ちていた塵屑の中で、引き札を見たのよ」

澄が声を潜めた。

藤吉が口をぎゅっと結んで仰天した顔をした。

澄と〝縁切り〟なんて、最も似合わないものだ。皆に愛され慕われている心優しい娘が、いったい誰と縁切りをしたいというのか。

澄は何とも不安そうな顔でこちらを窺っていた。

2

「縁切りをしたい、っていっても、私のことじゃないのよ」

澄の言葉に、糸はほっと胸を撫で下ろした。

「なんだ、お澄さん、それを早く言ってくれよ。驚かさないでおくれ。心ノ臓に悪いぜ」

藤吉も大きく息を吐き、胸元をとんとんと叩いている。

「お澄さんのような良い人が〝縁切り〟なんて考えるはずはありませんよね。いったいどなたのお話ですか？」

己の口から出た言葉の居心の悪さに、あれっ？　と思う。直後に不安な気持ちがじわじわと忍び寄ってきた。

「私が良い人だなんて、そんなことないわ。私はただ母や祖母と同じように、お節介焼きってだけなのよ。困っている人を見ると動かずにいられないの」

澄は糸の言葉に嬉しそうにはにかんでから、

「縁切りをお願いしたいのは、才助さん、って人のことなの」

こちらを見上げた澄の顔は、あっという間に茹蛸のように真っ赤になっている。

「その才助ってのが、お澄さんの想い人だね。その男の縁切りってこたぁ、そいつが別の女と……」

藤吉が面倒事を察したように、目をあちらこちらに動かしながら口籠った。

「まあ藤吉くん、変な想像はやめてちょうだい。才助さんの縁切りの相手は、女の人なんかじゃありません」

澄は少々場にそぐわない甲高い声を出した。すぐに己でそれに気付いた顔で、あらいけない、というように唇に手を添える。

「才助さんとは、お救い所の炊き出しのお手伝いをしていた頃に知り合ったの。私が惹かれたのは才助さんの見た目なんかじゃないわ。彼の胸の内の美しさよ。彼は、ほんとうに優しい人なの」

「つまりその才助って男は、よほどの男前ってことだ」

「もう、藤吉くんたら。今まさに私は、そうじゃない、って言ったでしょう?」

澄はやはり華やいだ調子で首を横に振った。

「その才助さんは、いったいどなたと縁切りをするんですか?」

澄のどこか浮足立った様子に嫌な予感を覚えながら、糸はいつもより低い声で訊いた。

「お仲間たちよ。才助さんはやくざ者の仲間たちと、きれいさっぱり縁を切りたいというの」

「やくざ者、ですって!?」

糸は思わず声を上げた。

「ちょ、ちょっと、お糸ちゃん、止めてちょうだいな。才助さんは、やくざ者なんかじゃないわ」

「い、いや、お澄さん、今、あんたは『やくざ者のお仲間と』ってはっきり言ったぜ?」

藤吉が悲痛な声を出した。

「才助さんは違うのよ。あの人は悪い人じゃないの。生まれに難しい事情があって、親の愛を知らずに育ったところを、偶然、やくざ者たちの仲間に引き入れられてしまった、ってだけなの」

澄は必死で身を乗り出す。

「才助さんは、私に出会って変わった、って言ったわ。人のために生きることの素晴らしさを知った、って。だから彼が無事に足抜けをすることができたら、二人で力を合わせて困っている人のために働こうって……」

澄の言った内容よりも〝足抜け〟という言葉の異様さが耳に残った。

まっとうに生きている素人の娘ならば、そんな言葉を口にすることはまずないだろう。

澄の相手の才助という男は正真正銘のやくざ者なのだ、と思い知らされて、肝が冷えるような心持ちだ。やくざ者とだけは関わり合いになりたくない、という恐れが何よりも先に立つ。

「……お澄さん、そりゃ不味いよ。あんなに優しいおっかさんを、泣かしちゃいけねえ」

藤吉が首を横に振った。

「両親はまだ何も知らないわ。今のままなら認めてもらえるはずがないって、私も才助さんもわかっているもの」

澄がまるで兄に叱られた妹のような顔をした。霊山寺にいた頃とはあべこべだ。

「これから先も難しいさ。やくざ者、ってのは、すっかり話が違うんだよ」

「才助さんは、まっとうな人に生まれ変わりたい、って言っているのよ？　正しいことをしたい、って言っているの。それを冷たく切り捨ててしまったら、彼はいつまでも救われないわ」

「悪い奴が足を洗う、ってのは、傍から聞いてりゃとっても良い話さ。けどね、お澄さんとその男が縁を結ぶってのは、俺は反対だ。決して幸せになれるはずがねえさ」

「ちょっと、藤吉兄さん、それは言い過ぎよ。幸せになれるかどうか、なんて他の人が決めていいはずがないでしょう？」

糸は藤吉を押し留めた。

だが、よくぞ言いにくいことをずばりと言ってくれた、という気持ちもあって、どこか芝居がかった口調になってしまった気もする。

「ふん、言い過ぎたつもりはねえさ。俺が思ったことを言っちゃいけねえのかよ」

藤吉は、拗ねた様子でぷいっとそっぽを向く。

「お澄さん、ごめんなさいね。藤吉兄さんは放っておきましょう。いったい何を怒っているのかしら。それで、その才助さんのお話ですが……」

「えっ？　は、はい」

澄が真っ白な顔をして、ようやく我に返ったように頷いた。

藤吉に「決して幸せになれない」なんて思いのほか強い言葉を投げつけられたのが、衝撃だったに違いない。

「才助さんがまっとうになる、というのは素晴らしいことだと思います。悪い仲間と縁を切って、新しい道を歩き出す人の力になりたい気持ちもあります。でも、やくざ者が相手だと聞いてしまうと、私も、わかりました、とそう簡単にお受けすることはできません。それはわかってもらえますね？」

澄は素直にこくんと頷いた。

「もう少しゆっくり、お二人で話し合ってみてください。もしかしたら、誰かお澄さんが信用できると思う年長の人に話を聞いてもらうほうが、うまく話が進むかもしれませんよ」

私よりもずっとものを知っている年上の誰かに、どうか澄のことを説き伏せて欲しい。糸は祈るような心持ちでそう言った。

「……わかったわ。難しい頼みごとをしてごめんなさいね」

澄は、糸が拍子抜けするくらい素直に頷くと、肩を落として立ち上がった。

「なあ、お澄さん」

庭を眺めた格好のまま、藤吉が呼び止めた。

「何かしら？」

澄は、また何か嫌なことを言われるのではと身構えているのがわかる。

「やめとけよ、そんな男、あんたに似合わねえぜ」

「藤吉くん、ごめんなさい。もうそのお話は……」

「俺は餓鬼の頃、お澄さんのことが好きだったんだぜ」

「えっ？」

澄が呆気に取られた顔をした。

「あんたはいつも寺の子供たちに優しくて、いつも笑顔でみんなを幸せにしてくれてさ。歌っているときは綺麗で、踊っているときは剽軽で、怒っているときだって怖くなくて。菩薩さまってのは、お澄さんみてえな人なんだろうなあって思ったよ。俺はあんたが寺に来るのが待ち遠しかったよ。冗談じゃなく、こうやって指折り数えて待っていたんだぜ」

藤吉が、ひとつ、ふたつ、と指を曲げてみせた。

「そんな俺の憧れの人だったあんたが、やくざ者の女房になるなんて、そんなことは駄目だ。駄目だったら、駄目なんだよ！」

「才助さんはやくざ者じゃないわ。心を入れ替えて……」

「お澄さん、あんたってそんなに馬鹿だったんだな。俺の胸の中の賢く優しいお澄さんってのは、あれはすっかり俺の勘違いだったんだな」

「こらっ、藤吉兄さん！　なんてこと言うの。お澄さんに謝りなさい！」

糸は藤吉の額をぴしゃりと叩いた。

「……ちっとも痛くねえや」

藤吉は唇を尖らせて、最後まで澄のことを振り返らなかった。

3

「お奈々、もう痛みはない？　夕飯は私に任せてちょうだいね。しばらくゆっくり休みましょう。私のお部屋でごろんとしていなさいな」

「こんなかすり傷、大したことはありません。けれど、なんだかとても疲れました」

右手に晒(さら)し布を巻いた奈々がしょんぼりした顔をした。

お救い所の裏手で子供たちと畑仕事をしていたところを、転んで手を擦り剝いてしまったのだ。

幸い怪我は大したことがなく、血もさほど出なかった。

だが奈々は、周囲が驚くほど長い間、えんえん声を上げてずっと泣き続けた。

炊事場の佐知が糸を呼びに来てくれてからも、奈々は糸の着物に顔を埋めていつまでもいつまでも離れない。糸がさすがにお救い所の中の忙しさが心配になって気もそぞろになり始めても尚、奈々はむきになったように泣くのを止めようとしなかった。

「お奈々、搔巻を出したわよ。さあ、しっかりお昼寝をしなさいね」

「お昼寝ですって？　奈々は、赤ん坊ではありませんよ」

嬉しそうに言い返しながら、奈々は糸の搔巻に包まってごろんと横になった。

そのまま何とも幸せそうに、糸が炊事の手を動かしている姿を見つめている。

時折糸が目を向けると、くすっと笑う。ちゃんと寝ていなさい、と目で言うと、またくすっと笑って、頭からすっぽり搔巻を被った。

「失礼します。お糸さんはこちらですか？」

穏やかそうな男の声に、糸は「はいはい、どなた？」と明るく応じた。

路地に橙色の西日が射しているが、夕暮れにはまだ間がある。

戸口を開けると色白で涼しい目元をした男が、どこか臆した様子でそこにいた。

男は困ったような笑みを浮かべてから、眉を八の字に下げた。

「お忙しい夕刻に申し訳ありません」

糸が夕飯の支度をしていたことを言っているのだろう。

物腰は丁寧で、優しそうな男だ、と思った。整った顔立ちも感じが良い。

「いえいえ、子供と一緒に、のんびり過ごしておりましたよ」

奈々を振り返って、あれっと思った。

つい先ほどまでみの虫のようにもぞもぞ落ち着きなく動き回っていたのに、今では背を向けて丸まっている。

微動だにしないその背中に、これは狸寝入りだと気付いた。

「私は才助と申します。お澄から、話を聞いているかと思いますが……」

「才助さんですって？　あなたが？」

糸は思わず飛び退いた。

男の全身をまじまじと見つめる。この大人しそうな男が、澄が心を通わせたやくざ者だというのか。

悪い仲間と縁を切って、まっとうな生活を送りたいと願っている男。足抜けが済んだら、澄と二人で困っている人のために生きたいと願っている男。

澄の話をいくら聞いても、糸の脳裏に浮かんでいたのは、どこか傾いた危なっかしい色男だった。

だが目の前の才助は、粗暴な様子など少しも窺うことのできない控えめな男だった。持って生まれた顔立ちの良さも相まって、澄の話をあらかじめ聞いていなければ、なかなかお似合いの二人だと思ったに違いない。

「あれから二人で話し合いましたが、やはり私たちの仲は、誰にも打ち明けないほうが良いだろうという話になりました。万が一にも、お澄を危ない目に遭わせるわけにはいきません」

男は切ない想いを抱えている者の顔をした。

〝危ない目〟と言ったときに、いかにも苦し気に眉を顰める。暗い場所に足を踏み入れているものらしい得意げな様子は、少しもない。

澄の言うとおり、才助には、生まれと育ちに恵まれなかったせいで、やくざ者にならざるを得なかったのだろうと思わせる悲し気なものがある。

「お糸さん、後生です。縁切り状を書いていただけませんか？ 私の仲間の縄張りは、ここからずいぶん離れた内藤新宿(ないとうしんじゅく)の界隈(かいわい)です。私は、お澄との仲も彼らに隠し通していいます。私の命に懸けて、お糸さんにご迷惑をお掛けするようなことはいたしません」

「それは……」

才助の目に急に力が宿ったことに、気圧されるような気持ちになる。

この男の言葉は不思議だ。この男がこれだけきっぱりと「迷惑を掛けない」と言ったならば、きっと信じてよいに違いない、と己に都合よく思い込みそうになってしまう強さがあるのだ。

「私はどうにかしてまっとうな男に戻りたいんです。これから残りの命を、お澄と一緒に、困っている人を助けるために生きたいんです」

才助が目に涙を溜めて言った。

「私は女郎が捨てた子供です。実の親の顔を見たこともなく、幼い頃は女郎屋の土間に転がされて育ちました。誰にも可愛がられず厄介者扱いをされ続け、近所の子供にはいじめられてばかりでした。そんな私を初めて仲間に入れてくれたのが、あの兄貴分たちでした」

才助が項垂れた。

「彼らがやっていたのは、盗みやかっぱらいでした。たくさんの人を困らせました。ですが、これまで一度も人の温かさを知らなかった私には、やくざ者の仲間の中で初めて受け入れられているという安心を感じることができたんです」

「とてもご苦労されたんですね」

才助がやくざ者になってしまった事情には、同情を禁じ得ないものがあった。

実の親を知らない捨て子であるのは糸も同じだ。糸だって何かの拍子に才助と同じ寂しさを抱えて生きることになっても、少しもおかしくなかった。

「ですが私は、お澄に出会って変わりました。私がやくざ者だからといって、少しも蔑むような目で見ることのない、この世でいちばん心の綺麗なお澄と出会って。あなたはとても気の毒な人なのね、と涙を流してくれるお澄と出会って。私は、このままやくざ者を続けてはいけないと気付いたんです。この心が求めるままに、お澄のように善いことをして生きたいと思えるようになったんです」

才助はいつの間にか涙をぽろぽろ零しながら、糸に向かって身を乗り出している。

「才助さんのご事情はよくわかりました。でも……」

困ったな、と思いながら、糸は目を巡らせた。

才助の言葉に嘘はない。

澄という娘は、糸が霊山寺にいた幼い頃からずっと、藤吉ばかりでなく男坊主たち皆の憧れだった。澄は人のために骨身を惜しまず働くのに、少しの見返りも求めることはない。悪戯坊主に泥団子を投げつけられても、綺麗な着物の裾を蹴っ飛ばされても、唾を飛ばされても、可愛い、可愛い、と笑って手招きをした。

この子の親は人殺しだと聞いても、「あなたはこの世でいちばん良い子よ」と瞳の奥をまっすぐに見つめて抱き締めている姿を見たことがあった。

暗闇に〝あれ〟が見えてしまう糸のことも、少しも気味悪がらずにしっかり手を握って歩いてくれた。

そんな澄の美しい心が、才助というやくざ者の生き方を大きく変えることになったのだ。

善いことだ。少しも悪いことはない。澄自身だって、そのことを何よりも喜んでいるではないか。

だが――。

「私が縁切り状を書いたら、お二人はどうされるんですか？」

「しばらく身を隠してから、一緒にどこか遠くへ逃げようと思っています。行く先々のお寺で、困った人のための奉公をさせてもらいながら暮らそうと思います」

やはりそうか。

私が縁切り状を書いたら、澄は才助と一緒に姿を消してしまうのだ。

糸の胸に、澄の優しい笑みが浮かんで、消えた。

「……お澄さんがいなくなってしまっては、霊山寺の子供たちはとても寂しがりますね」

糸は肩を落とした。

澄の人生は澄のものなのだ。周囲が、決して幸せになれない、なんて決めつけることはできない。

「お糸さん、ありがとうございます。御恩は忘れません」

才助が畳に額を擦り付けるように頭を下げた。

糸は文机の前に座って、至って短い縁切りの文をほんの一呼吸で書き上げた。

さあ、このお客のことを、あとで奈々にどうやって説明しようか。

糸は狸寝入りをしたままの奈々に目を向けた。

もしもこの才助の相手となる娘が大人になった奈々だとしたら、私は決して許さないだろう。

急にそんな強い言葉が浮かんできて、息を呑んだ。

奈々を叱り飛ばし、引っ叩き、それでも言うことを聞かなければあの手この手で宥めすかし、才助に手切れ金を払っても、土下座をしてでも、どうかこの娘から身を引いてくれと頼み込むに違いない。

——すっかり話が違うんだよ。

藤吉の声が耳を過る。

でもお澄さんとお奈々は違うわ。お澄さんは私よりもずっと分別がある姉さまよ。

糸は胸に言い聞かせた。

きっとお澄さんなら、才助さんと幸せになってくれるわ。

浮世の人たちが求める幸せとは少し違う形かもしれないけれど。でもきっと二人で手を取り合って、そこに幸せを見つけ出すはずよ。

「お糸さん、悪いね。お奈々がまたお邪魔しているね」

戸ががらりと開いて、岩助が顔を覗かせた。

「おっと、お客さんかい」

岩助が才助に目を留めた。と、顔色が変わった。

応じる才助の横顔は、つい今しがたまでの控えめな様子が嘘のように鋭い。

二人の男が息を殺して睨み合う。

「あ、ありがとうございます。それではお代はこちらに」

才助は急に我に返った様子で框に銭を多めに置くと、まだ墨が乾ききっていない縁切り状を手に表へ飛び出した。

「わあ、おとっつぁん！　おかえりなさい！　聞いてくださいな。奈々は昼間にお救い所の裏の畑で、手を怪我してしまったんですよ」

才助がいなくなった途端に、奈々が掻巻を放り投げて飛び起きた。

晒し布に巻かれた手を、うらめしや、と幽霊さながらだらんと垂らして、いかにも哀れそうな顔をする。

「なんだって？　こりゃ、大怪我じゃねえか！　お奈々、平気か？　お奈々が無事で何よりだ！」

「いえいえ、こんなの大した怪我じゃありませんよ。ただのかすり傷ですよ。おとっつぁんは、まったく大袈裟なんですから」

奈々は心から満足げだ。つい先ほどまでここにいた才助のことなぞよりも、己の怪我のほうがもっとずっと大事なのだろう。からくり人形のように素早く搔巻を畳んで片付けると、岩助の足元にぴたりとくっついて帰り支度だ。

「あ、岩助さん、夕飯は今日は私が作る約束になっているんです。でき上がったら、そちらに持って行きますね」

糸が声を掛けると、岩助が「お糸さん、いつもありがとうな。ところで……」と気楽な口調で応じながら、奈々を先に隣の部屋に放り込んだ。

「何か困ったことが起きたら、すぐに俺に言ってくんな。どんな小さなことでも必ずだ。約束してくれよ」

「えっ？」

岩助の真剣な声に身構える。

「さっきの客はやくざ者だ。まともな奴は、決して近づいちゃいけねえ類の男さ」

岩助は糸に諭すように言った。

「どれだけ大人しい格好をして人当たり良くしていたって、男同士でまっすぐ目を合わせてみりゃ一発でわかるさ。あれは地獄行きの目だよ」

糸は思わず墨の跡が残った己の指先を見つめた。

4

すっかり暖かい陽気になったせいか、このところずいぶんお救い所に運び込まれてくる病人が減った。

ほんの少し前までは、人が横になれる場所をどうにかこうにか作っていたくらい混雑していたお救い所が、今では病が治りかけた数人が所在なげにごろごろしているだけだ。

銀太の忙しさもずいぶん落ち着いて、最近は表で休息がてら子供たちと遊んでいる姿を目にすることもあった。

「お奈々、お疲れさま。お昼にしましょうか」

朝の仕事が普段よりも早く済んでしまったので、糸は手持ち無沙汰な気分で表に出た。

「今日は、奈々はこっちで食べます！」

奈々が子供たちの輪の中で、大きく手を振った。

「あら、そうなのね。わかったわ」

あっさり断られてしまって、なんだか拍子抜けした。

佐知からもらった汁物と握り飯を手に、小川の畔(ほとり)へ向かう。乾いた草に腰を下ろし、きらきら輝く水の流れを見つめながら大きな握り飯を齧った。

たまにはひとりの昼飯も、静かでよいものだ。

遠くで奈々がはしゃぐ声を聞きながら、糸は微笑んだ。

「お糸さん、こちらにいらしたんですね」

振り返ると、糸と同じく大きな握り飯を手にした銀太が、親し気に笑った。

「ご一緒しても良いですか？」

銀太は屈託ない様子で、返事を待たずに糸のすぐ横に座る。

「ええ、もちろんです」

糸は慌てて背筋を伸ばした。息が浅くなる。急に握り飯の味がわからなくなった。

「今日は、お奈々はいないのですね。いつも一緒の二人が珍しいですね」

「お仲間と一緒に食べるそうです。私はフラれてしまいました」

「そうでしたか」

銀太が可笑しそうに笑った。

「最近のお奈々は、少し不思議なんです。お金を稼がなくちゃ、なんて、とても大人びたことを言ってみたり。そのくせ、この間ここで怪我をしたときのように、いつまでも泣き止まなかったり。今日はあっさりとお仲間のところへ行ってしまいましたよ。と思ったら、長屋でも、私やおとっつぁんに赤ん坊みたいに甘えているんです」

「それは子供がしっかり育っているということです」

何も心配いらない、という顔をした。

「子供は日々、ぐんぐん大きくなります。決して一つのところに留まってはくれません。我々大人が、あちらこちらへ振り回されるのは当たり前です」

「お奈々に初めて会った頃は、とても物分かりの良い大人びた子だと思っていました。でも、最近はこんなに気まぐれな子だったのか、と驚くことばかりです」

「良いことですよ。子供が子供らしく振る舞うことができるのは、幸せです。周囲の人に恵まれたのでしょう」

糸を見つめて頷いた。

岩助を始めとする長屋の皆のことを言っているのだ。それを己が褒められたような気がして、頰が緩みそうになってしまう。

「そういえば、熊が川で子供を助けたという話、読売で読みましたよ。お糸さんもその場にいらしたそうですね」

「え、ええ。ですが、あのときのことは無我夢中で何も覚えていません」

熊蔵の名に、すっと顔に上った熱が引いた。

あの日、冷え切った吾太郎を抱き締めるために無我夢中で胸元を露(あら)わにしたこと。それを少しも恥ずかしいとは思っていない。

だが銀太の前でだけは、あのときの己の姿を思い返したくはなかった。

「いかにも熊らしいですよ。熊というのはまったく良い男です。あいつには一生敵いません」

誇らしげな笑みが浮かぶ。

「お糸さん、私たちは幸せですね」

「えっ？」

小川の流れを見つめる銀太に、掠れた声で訊き返した。

「私の大事な友、そしてお糸さんの想い人である熊が、こうして世のため人のためになったという話を聞くのは、たまらなく嬉しいことだと思いませんか？」

銀太の横顔をじっと見つめた。

胸が痛い。

銀太がすぐ側にいるというそのことで、泣きたいくらい胸が痛む。

私が想っているのはあなたなのだ、恋焦がれているのはあなたなのだ、という言葉が喉元まで出かかって。そして決して口に出すことはできないとわかる。

共に熊蔵の善い行いを誇らしく語り合う。

なんて素晴らしいひと時だろう。せっかく手に入れたこの平安を、この人たちとの温かい縁の形を、決して壊してはいけない。

私のひと言で、この幸せを地獄に変えることなど決してしてはいけないのだ。

「私もちょうど同じことを思っていました。銀太先生と熊蔵さんの話をしていると、とても嬉しくなります」

小川の流れに目を向けた。

美しい清水に、日差しがきらきらと輝く。

「お糸さん、あなたは必ず幸せになりますよ。熊というのはそういう男です」

泣き出しそうな仏頂面を見られたくなくて、流れていく枯れ葉に目を奪われたふりをした。

「私も、そう、思います」

糸は途切れ途切れにそう呟くと、小川の下流をどこまでも目で追った。

5

日暮れ前に、旅支度をした澄と才助が揃ってやってきた。

「お糸ちゃん、ほんとうにありがとう。あなたは私たちの恩人よ」

風呂敷包みを抱えた澄が目に涙を溜めて言った。

包みは小さいが、ずいぶん固くて重そうだ。人目に付かないように、大事なものだけをできる限り小さくまとめたに違いない。

「縁切り状は、夜遅くに親分のところへ届くでしょう。私たちは明るいうちにお江戸を出ます。ずいぶん前から旅の支度はしていたので、しばらくは金のことは気にせず、とにかくここから遠くへ離れるつもりです」

才助はいかにも大事そうに澄を引き寄せて、糸に向かって深々と頭を下げた。

澄はそんな才助の横顔を誇らしげに見上げる。

お互いを想い合い、新たな道を歩み出すことへ晴れがましい気持ちでいっぱいの、幸せな若い二人の姿だ。

だが、糸のほうは、才助の顔をまっすぐに見ることにどこか躊躇(ためら)う気持ちになる。

もうそろそろ岩助が作事の仕事から帰ってくる頃だ、と思うと、大人に見つかったら怒られるとわかっていることをしている子供のように落ち着かない。

「お二人とも、どうぞお幸せに」

二人は、もちろん、というように揃って頼もしく大きく頷いた。

「才助さん、お澄さんのことをしっかり守ってくださいね」

どこか納得のいかない己の気持ちを持て余して、祝言の場で交わすようなありがちな言葉を口に出す。

「お糸ちゃん、平気よ。才助さんのことは私が守るわ。これから先、どんなに辛いことや苦しいことがあっても、私は才助さんを信じて才助さんの善い心を守り通して見せるわ」

澄がきっぱりと言い切った。

才助の頬が少年のようにぽっと染まった。嬉しくてたまらない様子で、荒れた薄い唇が震える。才助はこれまで誰にも、こんなふうに深く愛されたことのない男なのだ、と改めて思い知る。

ふいに、才助が素早く振り返った。

「お澄、もう行こう。お糸さん、お世話になりました」

言い終わらないうちに、才助が顔を伏せて早足で歩き出す。

「え、ええ。それじゃあお糸ちゃん、さようなら」

澄は才助に置いて行かれないようにと慌てながら、さらりと今生の別れの言葉を口にした。

「よう、お糸さん、今日も達者にしてるかい？」

入れ替わりに、わざとのんびり構えた様子で路地に現れたのは熊蔵だ。懐に隠した手を差し出すと、不格好な花束を握っていた。

「まあ、これ、私に？」

茎の長さがまちまちで、花の色も、黄色と白と、少々枯れかけた焦茶色なんかが混ざっている、お世辞にも美しいとはいえない花束だ。

だが糸を想って人目を避けて野の花を摘んでいる熊蔵の姿を想うと、思わず温かい笑みが漏れた。

「作事場のお節介なおばさんが、お糸さんは花を持っていったら喜ぶ、なんていうもんだからさ」

「嬉しいです。ありがとう」

糸は花束を手に取って顔を寄せた。雑草の泥臭い匂いばかりを感じる武骨な花束だ。だがつい先ほどまでのどこか強張っていた気持ちが、ほっと解れていくのがわかる。

「よく似合っているぜ。お糸さんにぴったりだ」

熊蔵が糸に見惚れるようにぼんやりしてから、慌てて恥ずかしそうに目を逸らした。

「熊蔵さん、ありがとう」

「礼はさっき聞いたよ。幾度も言わなくたってわかるさ」

「ううん、ありがとう」

糸は花束を片手に持ち直して熊蔵の手を取った。ひび割れた固い掌をしっかり握ると、確かな温もりが伝わってきた。

「えっ？」

熊蔵が目を丸くしている。

「少し、一緒にお散歩をしませんか」

二人で同じほうを向いて歩き出す。

「お、おう。もちろんさ。どこか行きたいところはあるかい？　もうじき日が落ちちまうから、あんまり遠くには行けねえけどな。えっと、そうだなあ。カラスが禿げ山に帰っていくのを見るかい？　あの山には一羽だけ、カアカア、じゃなくて、アホウ、アホウ、っていいながら飛んで帰る奴がいるんだよ。いやいや、そんなもんお糸さんにゃ、楽しくもなんともねえな」

「まあ、楽しそう。ぜひ連れて行ってくださいな」

糸はぷっと噴き出した。熊蔵の手をしっかり握り直す。

「そ、そうかい。じゃあ、行ってみるかい？　ほんとうにあいつは、アホウ、アホウって言ってやがるんだよ！」

熊蔵が夢のように幸せそうな顔をした。

糸の胸にも、安心としか言いようのない温かい想いが広がっていく。

これでいいんだ。

熊蔵と目が合うたびに笑顔を交わしながら、糸は己の胸にそっと言い聞かせた。

私はこれから先、この人を想い、この人を幸せにすることを願って生きよう。

熊蔵は、決して私を地獄に送るようなことはしない。そして私も、この男を地獄に落としてしまいたいなんて物騒なことは生涯一度だって思いもしないだろう。

お互い、この世の暗いものを見つめることなく、微笑み合って生きるのだ。

人と人との縁というものは、こうして結ばれていくのが正しい姿なのだ。

「あれっ？」

熊蔵が足を止めた。

長屋の木戸を出たすぐそこに、紙包みが落ちていた。

「おいおい、なんて物騒なもんが落ちているんだい。こりゃ、今しがた落っことしたばかりだよ」

熊蔵が紙包みを開くと、中には人差し指の先ほどの輝く金粒が十余り入っていた。ぎらぎらと眩（まばゆ）い光を放つ金粒は、人をぎょっとさせるような禍々しさを放つ。まさに目の毒だ。

「こんな大金を失くして、正気でいられるはずがねえよ。必ず落とし主が泡を喰って戻ってくるはずさ。こんなところに落ちてるってことは、この長屋に用事があった奴かねえ？」

糸の脳裏に、ずいぶん前から旅の支度をしていた、と言った才助の言葉が浮かんだ。

もしもこれが才助が落としたものだとしたら、澄と才助の二人がやくざ者の仲間から逃げおおすための金だ。まさに命を繋ぐ資金に違いない。

「今夜は、私のところで預かっておきます。明日になっても持ち主が現れなかったら、すぐに大家さんに話してみます」

「そうかい？　じゃあ、急いでしまっておかなくちゃな。こんな大金、人目についたらそれだけで物騒だからな」

熊蔵は慌てて紙包みを元に戻すと、やれやれ、とため息をついて額の汗を拭った。

6

部屋の片付けを終えてそろそろ寝ようかと思っていると、戸口が鳴った。

はっと身を強張らせる。

「お糸、俺だよ。藤吉だ」

にゃあ、と声が重なる。イネのところに預けていた豆餅を迎えに来たのだろう。

「なんだ、藤吉兄さんね。驚いた」

「驚かせて悪かったよ。確かに、ちょうど縁切りのお客が来る頃だもんな」

戸を開けると、豆餅を抱いた藤吉が「いい知らせをありがとうよ」と目配せをして笑った。

「何のこと？」

「お前たち二人の恋ごろもさ。手を握り合って身を寄せ合って、二人仲良く歩いていたってね。あっという間にとんでもない噂になっているよ」

「ええっ？　そんな、私、熊蔵さんと身を寄せ合ったりなんてしていないわ」

二人で手を握り合っての散歩道、誰にも声を掛けられなかったから、誰にも見られなかったとばかり思っていた。

いやだ、誰か見ていたなら、挨拶くらいしてくれたっていいじゃない。

糸は熱くなった頰を両手で押さえた。

「いやあ、よかった、よかった。妹分のお前が幸せそうにしていると聞けば、これで俺も安心だ。おイネ婆さんも、『お糸も、ついに熊にほだされちまったってことかい』なんて、柄にもなくにたにた嬉しそうに笑っていたよ」

藤吉は糸の顔を覗き込んで上機嫌に笑った。

「もう、わざわざ私のことをからかいに来たのね？」

糸が藤吉を叩く真似をして拗ねてみせると、藤吉の顔がふっと真面目になった。

「あともう一つ、どうしても気になってさ」

「……お澄さんのことね」

藤吉はわざとらしい渋い顔をしてみせてから、「ああ、そうだよ」と頷いた。

「才助が姿をくらましたらしいね。ねぐらの部屋がもぬけの殻だ、ってんで、やくざ者たちが、いったい何が起きたんだと探っているらしい」

「縁切り状はまだ届いていないのね」

「やっぱり、お糸が縁切り状を書いたんだな。どうしてそんな危ないことをしたんだ」

藤吉が厳しい顔をした。

「あれから、才助さんがここへ来たの。才助さんは、とても苦労してとても寂しい人生を歩んできた人だったの。お澄さんのお陰でまっとうに生きたいと思えるように変わった、という言葉に嘘はないと思ったわ。お澄さんと才助さんの力になりたいと思ってしまったの」

「いや、それは綺麗ごとだ。お糸、お前はこう思ったんじゃないのか？　俺やお前が、ほんの少しの運の差で、才助のようになっていてもおかしくはないって」

糸ははっとして藤吉をじっと見つめた。

「図星だな。まあ、お前がそう思っちまうのは無理もねえさ。悪人が生まれに恵まれなかった、ってそれだけ聞きゃ、俺だって我が身の負い目が思い返されて、ぎくりとするもんだからな。けどな、それは違うんだ」

「違う？」

藤吉のあまりにはっきりした物言いに、怪訝な気持ちで訊き返した。

「俺たちみてえに、世間さまが言うところのお気の毒な生まれの奴が、誰にも頼れなくて、酒や女に溺れたり、己を駄目にするようなだらしねえ生き方をしちまったりするのは悲しいことさ。俺だってそんな奴がいたら、何とかして力になりてえと思うさ。けどな、才助って奴は違うんだ」

「違う、って。さっきから藤吉兄さん、そればっかり。違う、っていったい何なの？」

「違うもんは違うんだよ。お澄さんは、あの男とは決して幸せになれやしねえんだ」

「藤吉兄さんは、才助さんのまっとうになりたい、って想いは嘘だって言うの？　あの人は小さい頃の私や藤吉兄さんと同じように、お澄さんの持つ優しさに救われたのよ」

「あいつはまっとうになんて、なれやしねえんだ！」

　藤吉が大きく首を横に振った。

　豆餅が怯えたようにぐっと身を固めた。すぐにむっとしたように身を捩（よじ）って藤吉の腕から逃げ出そうとする。

「あ、豆餅。駄目だよ。ごめん、ごめんよ。大きな声を出して悪かったね」

　藤吉が慌てて豆餅が逃げようとするのを、先回り、先回りをして手を伸ばして抱き直す。

「……けど、もう書いちまったものは仕方ねえよな」

　藤吉は我に返ったように寂しそうに言った。

澄の笑顔を思い出しているのか、ぼんやりと遠くを見つめる。

「才助って男は、なかなか用心深い奴だったみてえだな。お澄さんとのことは誰にも知られちゃいねえし、おそらく縁切り状を書いたのがお糸だ、って辿り着くこともなさそうだ。やくざ共は内藤新宿の一帯で騒ぎまわっているらしいからな」

怖がらせて悪かった、というように、糸の背を優しく叩く。

「それにこの長屋には、俺と岩助親方がいるからな。何かあったらすぐに飛んで来るよ」

力こぶを作る真似をして見せる。

「それにお糸、お前には熊がいる。これだけたくさんの腕っぷし自慢に守られている娘なんて、そうそういないぞ」

「藤吉兄さん、ごめんなさい。私、軽はずみなことをしたわ」

糸は眉を下げた。

才助がまっとうな人間に戻れない、という言葉に納得しきれたわけではない。だが、己のことを心配してくれる者がこれほどいると思うと、何かに駆り立てられるように澄と才助の力になろうとした熱い想いが、静かに冷めていく。

「わかりゃいいんだ。一緒にお澄さんの話を聞いていたのに、お前のことを見張っていなかった俺も悪いさ」

藤吉がほっとしたように笑った。

「俺だって、前はお前の縁切りの力に頼ろうとしていた手前、こんなこと言ってもいいか迷っていたけれどな。いい機会だ。兄貴分として言わせておくれ。この仕事は、お前には業が深すぎる。お前ももうじき人の女房となる身だ。こんな因果な仕事はおしまいにしたほうがいいさ」

「……ええ、それはずっと前から考えていました」

糸がこの長屋を出て熊蔵と新たな場所で暮らすことになれば、縁切り屋の客が握り締めてやってくる奈々の引き札も、おしまいだ。

長い人生で、ほんの僅かなひと時だけ開いた縁切り屋稼業。

さまざまな人の縁に触れて、客と一緒になって怒ったり、嘆いたり、物悲しい想いに浸ったり。

ここで出会った人たちは、私にさまざまな人の想いの深さを教えてくれた。

でもそれも、もうここまでだ。

私は熊蔵と所帯を持ち、あの人と共にどこまでも平穏で決して波風の立つことのない、凪の海原へと漕ぎ出すのだ。

「それじゃあ、おやすみ。俺は、今から豆餅に夕飯をやらなくちゃいけねえからな。おっと、こんなところに大事なもんが落ちていたぜ。もう用済みだからって、雑な扱いをしたらばちが当たるぜ。しっかり紐を結んでおきな」

藤吉が足元に落ちていたものをぽーんとこちらに放って、立ち去った。

「藤吉兄さん、おやすみなさい」

明るく声を掛けてから、掌の中を見る。

「これ、私のものじゃないわ」

ちりめんの花柄の布に包まれた、巾着袋を模した可愛らしいお守りだ。

「縁結び……？」

お守りにはそう書いてある。丸っこくて優しい字だ。若い娘が神社にお参りに行った記念に、土産物として買い求めるものだろう。

お守りは泥で汚れて、紐が千切れている。お守りをしっかり握ってみたら、じわりと泥水が滲み出して、くにゃりと半分に折れた。中に入った木の御札が、真っ二つに割れてしまっているのだ。

「これはいったい、誰のもの？」

糸が眉を顰めると、お守りは少しずつぼやけた色に変わって、最後はほんの一握りの砂粒に変わった。

7

糸は掻巻で鼻の頭を隠して、ゆっくり目を閉じた。

「じゃあまた明日。もし迷惑じゃなかったら、朝早くに、お糸さんの顔だけちらっと見に来てもいいかい？」

熊蔵の声が耳の奥で蘇る。

「迷惑なはずがありませんよ。明日の朝、またお会いしましょうね」

二人で顔を見合わせて微笑み合ったときの、温かい気持ちを嚙み締める。

瞼の裏で見えるものが、ほんのりと橙色に変わる。身体が温まってきたのだろう。

澄と才助のことを、きれいさっぱり割り切れたわけではない。

けれど、人は人。己は己だ。

人はそれぞれが、己が選び取った縁を結んで生きる。

心のままに才助と生きると決めた澄は、これからの人生で、己の決めたことのけじめをつけていくしかないのだ。

「……そうだ、あの金粒の包み」

はっと目を開けたその時に、「お糸さん」と男の囁き声が聞こえた。

思わず障子に目を向けた。

夜空の月も傾きかけた真夜中だ。町の木戸はとっくに閉まっている。

縁切りを頼みに来る客でさえ、こんな遅くに人の部屋を訪れるはずがない。

「お糸さん、お糸さん、どうか起きてください、遅くにすみません」

「才助さんですか?」

左隣の部屋からはイネの鼾が、右隣の部屋からは奈々と岩助の寝息が聞こえている。

長屋の住人をひとりも起こさないようにと息を殺して、糸は戸を開けた。

「そうです、才助です。お糸さんのお部屋の土間に、とんでもない忘れ物をしたようです。板橋宿にお澄を泊まらせて、私だけ慌てて戻って来ました」

忍者のように黒ずくめの着物を着た才助だ。

「私の部屋の土間に落ちていたもの、ですか？」

今日、糸が目にした忘れ物は二つあった。

ひとつは長屋の木戸を出たところに落ちていた金粒の包み。もう一つは己の部屋の土間に落ちていた汚れたお守りだ。

「ああ、そうです。きっとそれです。よかった、よかった」

「お守りのことでしょうか？」

己の口から飛び出した言葉に、驚いた。

才助が己の身に危険が迫っていると知っている中を、わざわざ取りに戻ったものだ。落とし物が古びたつまらないお守りのはずがない。金の包みに決まっていた。

なのになぜか、金の包みが落ちていたことを先に才助に知らせるのは躊躇う気持ちになった。

「お守り、ですって？　お糸さんの部屋の土間に、それが落ちていたんですか？」

才助の落胆した顔を見れば、探し物がお守りなんかではないことはよくわかる。

「え、えっと、はい、そうです。ちりめんの花柄で、〝縁結び〟と可愛らしい字で書いてあるお守りです」

才助は一刻を争う身なのだ。こんな話を悠長にしている場合ではない。

「それ以外に何かありませんでしたか？」

才助の顔色に焦りが浮かぶ。

「いいえ。とても可愛らしくて、けれど中のお札が半分に割れてしまっている古いお守り以外は、私の部屋の土間にはありませんでした。ですが……」

この人はお澄さんの大切な想い人だ。意地悪をしようなんて少しも考えてはいけない。このまま落とし物が見つからずに才助はお澄さんのところへ戻ることができなくなって、そのまま二人の縁が途切れてしまえば良いなんて、そんなこと、決して、決して考えてはいけないのだ。

心を決めて金粒の包みの話をしようとしたそのとき、糸は呆気に取られて口を結んだ。

才助の額から大粒の汗がぽとりと落ちた。

死人のような土気色の顔をして、ぶるぶる震え出す。

「才助さん、どうかされましたか？　実は落とし物はもう一つあったんです。長屋の木戸を出たところで……」

「その、お守りの、お札は」

才助が糸の言葉を遮って、途切れ途切れに言った。

「半分に、割れてしまっていたんですね？　間違いありませんね？」

「ええ、そうです。もしかしてお探しだったのは、やはりそのお守りだったんでしょうか？」

才助はいつの間にか、全身をがくがくと震わせている。

へたり込むように腰を抜かして、しかしどうにかこうにか立ち上がろうとしたせいで四つん這いになったまま動けない。

そのまま才助は土間に額をくっつけて己の頭を抱えて、しばらく動かなかった。

「才助さん、大丈夫ですか？　立てますか？」

才助に肩を貸しかけたそのとき、才助が糸の手をゆっくりと押し戻した。

「金の包み、あんたのところにあるんだろう？　あれは俺のもんだ。返してくんな。金粒がちょうど十二だ」

才助の声が変わった。

暗闇でこちらを見上げたのは別の男だった。

「は、はい」

才助の声の冷たさに震え上がった。

この男には血が通っていない。いつ刃物でぐさりとやられても少しもおかしくないとわかる。逆らうなんてできるはずがなかった。

全身を強張らせて、行李の中に隠しておいた金の包みを差し出した。

才助は蛇のような目をして黙ってそれを受け取ると、懐に押し込んだ。金の重みがきっかけになったように、立ち上がって着物の泥を払う。

才助の着物の泥粒が、糸の顔にぱらぱらと落ちた。

「あっ」

慌てて糸が手で目元を庇う姿を目にしているのに、少しも気にする様子はない。

怒鳴ったり殴りかかったりなんて粗暴なことは、決してしない。けれどこの男は人の心を持っていないとわかる。

「世話になったな」

才助は胸の内が少しも窺えない声で言い捨てると、戸口を開けっぱなしにしたまま暗闇に消えた。

8

明くる日、長屋へひとりの遣いがやってきた。

「お糸さんだね？　悪いが着替えと金を持って、板橋宿へ来ておくれ」

「板橋宿ですって？」

澄と才助の逗留(とうりゅう)している宿場だ。

まさかあれから澄の身に何かあったのか。悪い予感に震え上がるような心持ちで糸が身構えると、遣いの男は苦笑いを浮かべた。

「一切合切身ぐるみ剝がれて、ほんとうの丸裸だ。あのままじゃ金を取りに戻ることもできやしねえさ。さすがに気の毒だ、ってんでうちの主人が、身元を明かすなら、着物も貸してやるし宿代も付けにしておくよ、って言ったんだけれどね。どうしても己が何者かは知られたくない、ってんで、あんたを呼んでくれるように言われたのさ」

取るものもとりあえず、慌てて駆けつけた。

板橋宿で通された部屋は、人目につかない古びた宿のいちばん奥、日の当たらない三畳ほどの狭いところだ。

部屋の隅で顔を歪めた澄が、素肌の上に掻巻を巻きつけただけの姿ですすり泣いていた。

「お澄さん……」

何と声を掛けてよいかわからず、ただそっと着替えを差し出した。

衝立(ついたて)の裏で糸の着物を身に着けた澄は、ようやく少し落ち着いたのだろう。

今にも倒れ込みそうな白い顔をしながらも、糸と向き合って頭を下げた。

「お糸ちゃん、ありがとう。あなたがいなかったら、どうなっていたかわからないわ」

「いったい、何がどうなっているんですか？」

澄は両手で顔を覆った。

「昨夜遅くに、あの人が戻って来たの。お金の包みはちゃんと見つけたから、もう心配いらない、って。明日からの道行きのために私の大事なものも預けておいてくれって言うから、あの風呂敷包みを渡したわ。私、これからの生活のために、祖母の形見の金の盃を持って出てきたの」

「そして目覚めたら、すべてがなくなっていたんですね」

糸は静かな声で訊いた。

澄はしばらくその事実を認めたくないように唇を噛んでから、観念したように頷いた。

「ええ、そうよ。私の持ち物は、何もかもなくなっていたわ。襦袢一枚だって残してくれなかったから、私、裸のまま宿の人に事情を話しに行く羽目に……」

よほど恥ずかしく辛い出来事だったのだろう。澄が身体を震わせてむせび泣いた。

「才助さんは、どうしてそんなことをしたのでしょう」

私はずいぶんと酷なことを訊く、と思いながら、糸は澄の顔をじっと見つめた。

昨夜、別れ際に糸が見た才助という男ならば、このくらいのことをしても少しもおかしくはなかった。

むしろ、この程度の辱めで済んでよかったと思うべきかもしれない。

萎れ切った澄を気の毒に思いながらも、これで良かったんだと心からほっとする気持ちが勝る。

「どうしてこんなことをしたのか、ですって？　あの人は……」

澄の顔にさまざまな想いが過る。

気の毒な身の上の男を不憫に思う菩薩のような心、恋する男に追い縋る女心、思ってもいなかった恥をかかされた屈辱、裏切られた悲しみ、傷つけられた怒り、騙された憤り。

「才助さんは、最初から私のことを想ってなんていなかったんだわ」

しばらく黙ってから、澄は己に言い聞かせるように呟いた。

「やくざ者から足を洗いたい、なんていうのも、すべて嘘だったのよ」

これまでの人生で、誰かに対してこれほど強い非難の言葉を口にするのは初めてなのだろう。

澄は恐る恐る、という様子で、それでもしっかりした口調で言う。

「私もそう思います。才助さんは、お澄さんのことを騙そうとしていたんです。きっと、お婆さまの金の盃を狙っていたに違いありませんよ」

「金の盃……？」

澄が見当外れのことを言われたように、不思議そうな顔をした。

ふいに、瞳に光が宿る。

「金の盃、そう、そうよ。金の盃だわ。あの人は最初から、あの金の盃を狙っていたに違いないわ。きっとそうよ」

澄が両手で己の身体を抱くようにした。

湯の中で汚れを落とそうとするように、覚えずという様子で幾度も幾度も身体を擦る。

「ご家族には、書き置きなど残していらっしゃいましたか？」

「いいえ、あの人との仲が誰かひとりにでも知られたらたいへんなことになる、って言い聞かされていたから。両親には、別れの言葉ひとつ残すことはできなかったわ」

「それでは、お澄さんは私の部屋に遊びに来たところで、高い熱が出て寝込んでしまったということにしましょう。私も一緒に戻って、わけをお話ししますよ」

糸の言葉に、澄は縋るような目を向けた。

「お糸ちゃん、ほんとうにそうしてくれるの？　ありがとう。両親に何と話したらいいのかわからなくて、途方に暮れていたの」

涙ぐむ澄の顔が、急に十ほども幼く見えた。

霊山寺でたくさん遊んでくれた優しく頼もしい姉さまが戻ってきた。

口止めも兼ねた多めの宿代を払って表に出ると、通りに、神木に違いない榎の大木が道を覆うように枝を伸ばしていた。

「縁切り榎、っていうんですって。この榎の木の下を嫁入り行列が通ると、必ず離縁になる、って。昨日、あの人が平気な顔をして教えてくれたのよ。つまらない迷信なんか気にすることはないさ、なんて言ってね。あの人、いったいどういうつもりだったのかしら」

すっかり熱から冷めた顔をした澄が、恥ずかしそうに言った。

「きっと、この榎の木が守ってくださったんですよ。お澄さんには、もっと相応しい人がいるってね」

「男の人とのご縁は、もうこりごりだわ」

澄はようやく冗談を言えるようになった顔で力なく笑った。

ふいに真面目な顔になって、縁切り榎に向かって手を合わせる。両目をしっかり閉じて、眉間に皺を刻みながら、一心に祈る。

ずいぶん長い間そうしてから、澄はすっきりした顔を上げた。

「お糸ちゃん、悪い人は嫌ね」

寂しそうに笑う。

「ええ、そうですね。ご縁を結ぶなら、良い人がいちばんです。誰がどう見ても優しそうな人だって、家の中では亭主関白で怒鳴ってばかり、なんて話も聞くくらいですからね。悪い人だってわかっている相手にわざわざ近づくなんていけませんよ」

糸は少しおどけて大きく首を横に振った。

「お糸ちゃんの言うとおりよ。藤吉くんの言うとおりだった。私、とっても馬鹿だったわ」

澄は大きな大きなため息をついてから、背筋をしゃんと伸ばしてみせた。

9

「ご住職、春ってのは、いいもんですねえ。冬の寒さが残っているうちにあちこちで花が咲き始めて、ほんの少し気を抜いていたら、途端に急な夏空だ。いつから始まって、いつの間に終わっちまったのかわからない、ってのがまたまた、たまらなくいいですねえ。いっつもまた来年の春が楽しみになりますよ、っとな。ほら、できたぞ！」

縁側で藤吉が、子供たちに紙風船をぽーんと放った。

表の風は夏に近づいている。走り回る子供たちの着物の背が汗で色が変わっていた。

澄はあれから何事もなかったように生家に戻った。家の人たちは何か察するものがあったには違いないが、娘をことさら問い詰めることはなかったという。これまでと変わらず母と一緒に霊山寺に顔を出して、優しい笑みで子供たちを大事に可愛がっていると聞く。

「ええっと、ご住職、それで、お澄さんは次はいつ頃いらっしゃるんでしょうかねえ」

「お澄かい？　つい昨日来たばかりだよ。残念だったねえ」

住職は面白そうに答える。

「ちぇっ、ご縁がねえなあ。小さい頃からずっとそうだ。俺がご住職にちょっと用事を頼まれて出かけた日に限って、今日はお澄さんが遊びに来てくれた、なんて後から知るんだからさ」

藤吉はわざと拗ねた顔をしてから、糸のほうを見て頭を掻いた。

「ご住職、たいへんです！」

大声に驚いて顔を向けると、箒を手にした下働きの少年が、目を剝いた顔で走ってきた。

客人の糸と藤吉に会釈をする間も惜しんで、転がるように縁側へ上がる。

「どうしたんだい、そんなに慌てて」

「たいへんです！　お地蔵さまの前に、こんなものが置かれていたんです」

少年が差し出した紙包みに、糸は、あっ、と声を上げた。

金粒がちょうど十二。

才助に渡した紙包みだ。

「何だって、こんな大金、いったい……」

住職が仰天した顔をした。

「お地蔵さま、ってのは、あのお地蔵さまのことですか？」

藤吉が怪訝そうな顔で身を乗り出した。

「ああ、そうだよ。湯島の霊山寺にいらしたあのお地蔵さまに、一緒にいらしていただいたんだ」

皆で顔を見合わせて、うん、と頷き合った。

住職の案内で辿り着いたお地蔵さまは、昔と同じように、墓所の隅で紅い前掛けをして静かな笑みを湛えていた。

このお地蔵さまは、無縁仏を祀(まつ)ったものだ。無縁仏とは言っても、深い事情で身内が名乗りを上げられないだけの者もいる。お地蔵さまの前には、折り鶴や飴玉(あめだま)、煙草(たばこ)やお猪口に入った酒などが人知れず供えられていることも多い。

「この、お地蔵さまの目の前に置いてあったんです。昨日までは間違いなくこんなものはありませんでしたから、昨夜のうちに置かれたに違いありません」

少年は真ん丸の目をして幾度も頷いた。

「さて、困ったな。きっと供養をして欲しいという意味に違いないが、どの仏さんのことやら……」

住職がずらりと並んだ古びたお供え物に目を向けた。

「ご住職、これは?」

その中のひとつに糸の目が留まった。ぎくりとする。

ちりめんの花柄。泥だらけのお守りだ。〝縁結び〟と書かれた文字は今にも消えてしまいそうだ。中のお札が折れているせいで、ひどく形が歪んでいた。

「ああ、それは、かつてここで弔われた女が持っていたものだよ。まだ若い娘だったのに、自ら命を絶ったんだ。気の毒でならなかったよ」

「そんな……」

糸の顔色に察するものがあったのだろう。藤吉が心配そうに横へやってきた。

「このお守り、もしかして……」

住職に聞こえないくらい声を潜めて囁く。

糸は呆然としながらどうにか頷いた。

「ご住職、その娘はどうして亡くなったんですか？　もしかして、悪い男に捨てられたとか？　惚れた男がやくざ者だったとかですかね？」

藤吉の質問に、住職は悲し気に首を横に振った。

「そのお守りの持ち主だった娘は、ほんとうに気の毒なんだ。偶然、ひとりで道を歩いていたところを、やくざ者に攫われて女郎屋に売り飛ばされてしまったんだよ。幾度も逃げようとしたらしいけれど、そのたびに連れ戻されて酷い目に遭ってね。しまいには気が狂って、自ら毒を飲んだのさ」

糸の全身にざっと鳥肌が広がった。

「やくざ者に、攫われて、ですか……」

あまりに恐ろしい話に、まともに声が出ない。

「亡くなったとき、そのお守りをしっかり握り締めていたんだ。幸せな頃の思い出だったのだろうね。もしかすると、惚れ合った男がいたのかもしれない」

住職が辛くてならないというように首を横に振った。

「お糸、どうした？　顔が真っ青だ」

住職がはっと気付いた。

「いいえ、何でもありません」

糸は慌てて誤魔化すように大きく首を横に振る。と、目の前がくらりと歪んだ。

傍らの藤吉が、「お、おいっ」と驚いた声で糸の肩を抱く。

「お前のような娘に聞かせる話ではなかったね。悪かったよ。妙な金の包みのせいで、私も少々心が乱れてしまっていたようだ」

住職が額の汗を拭いた。

「ご住職、俺が従いていますから平気ですよ。どうぞご住職は先に戻って、その大金のお供えのことを皆と相談していらしてくださいな。俺たちはここで少し休んでから、お寺に戻らせていただきます。お糸、それでいいね？」

「え、ええ。ちょっと怖いお話に驚いてしまっただけです。ご住職、ご心配をお掛けしてすみません。藤吉兄さんも、ごめんね」

住職が心配そうに振り返り振り返り戻っていく姿に、藤吉と二人でわざと明るく手を振った。

「……お糸、わかっただろう？　やくざ者ってのはこういうことを平気でする奴らなんだ。粗暴で傾いた身なりをして、喧嘩っ早くて、怖い顔で皆に恐れられているなんて、そんな上っ面のところは、少しも大したことじゃねえんだ」

　藤吉に説かれて、糸は顔を伏せた。

「罪のない人を、己より弱い人のことを痛めつけたような奴は、決して幸せになんかなれねえさ。本人が後からどれほど悔い改めて真人間になりたい、って思ったところで、決して幸せになんてなっちゃいけねえんだ。ご住職の話を聞いた今なら、俺の言ったことをわかってくれるだろう？」

「……はい」

　何ひとつ悪いことをしていないのに、ただそこに居合わせてしまったというだけで、この世の地獄を味わい気が狂ってしまった娘。そんな気の毒な娘たちが、今だってどこかにいる。

　才助がかつてした所業は、何があっても決して許されることではない。

「兄さん、あんたの言うとおりさ」

　不意に聞こえた声に、藤吉が糸を庇うように身構えた。

「誰だっ!?」

「才助さん……」

木陰から、最後に糸が顔を合わせたときと同じ黒ずくめの服を着た才助が現れた。

あれから半月は経っているだろう。ずっと身を隠していたに違いない。泥だらけの顔に、頬がげっそりと痩せていた。

「お糸さん、お澄に、俺はやくざ者の仲間に戻ったと伝えてくれ。お澄から奪った金の盃を売っ払って金を作って、得意げに新しい女を連れて歩いていたってな」

才助が懐から金の盃を取り出すと、力いっぱい墓所の裏の林に向かって放り投げた。

「お澄さんはもうお前の話なんて、二度と聞きたくもねえさ」

藤吉が嫌悪を隠さない顔で言うと、才助は苦笑いで呟き込んだ。

「なら良かった。お澄ってのは、甘ったれの馬鹿女だ。騙すのなんて容易だったさ」

才助がせせら笑った。

すっと踵を返して林の奥に消えようとする。逃げ回る生活で傷めたのか、才助は片方の足を引き摺っていた。嫌な咳をしながら身体をふらつかせている。

「才助さん、待ってください。どこへ行かれるんですか？」

こんなぼろぼろの風体で、やくざ者の仲間に戻っているはずがなかった。

才助は振り返らない。

「お糸、関わるな。これでいいんだ」

藤吉がすべてを察した顔で糸を押し留めた。

「才助さん、どうぞ、どうぞ、お達者で……」

病気の野良猫のようにみすぼらしい才助の背に向かって言った。

少しずつ小さくなっていく背に、誰からも愛されることなく皆に邪険にされ続けた、寂しい少年の面影が浮かぶ。

あの頃に出会っていたならば間に合ったのに。

一緒に遊ぼうと声を掛けて、お腹が減ったらお寺に逃げておいでと言ったかもしれない。藤吉に叱られて、そしてお澄と楽しく遊んで。ここでご住職と一緒にのんびりお茶を飲んでいたかもしれないのに。

才助が後戻りできない一歩を踏み出す前に、出会ってさえいれば――。

「お糸、泣くな。この世には、取り返しのつかないこと、ってのがあるんだ」

むせび泣く糸の背を、藤吉がそっと撫でた。

10

春があっという間に過ぎ去って、青葉の繁る初夏の風だ。

「お糸ちゃん、もう一度だけ訊きますよ。ほんとうに熊蔵さんで良いのですか？　おっと、熊蔵さんは黙っていてくださいな。これは、奈々とお糸ちゃんの、女と女の大事なお話し合いなのです」

いつものように熊蔵と二人で出かけようとしたところを、奈々が腰に両手を当てて立ちふさがった。

眉間に冗談のように深い皺が寄って、口元はへの字に曲がって拗ねたようにみえる。

糸がどう答えるのか不安でたまらない様子だ。

だがその瞳は運命に向き合う強い光を放つ。どうか私のことを捨てないでくれと追い縋る、弱々しいものとは程遠い。

煮え切らないことを言ってお茶を濁したら、ぴしゃりと頰を叩かれそうな鋭い光だ。

「ええ、熊蔵さんは私の大事な人よ」

糸は躊躇わずにはっきりと答えた。

己の言葉が気持ち良く身体を通り抜けた。

奈々の目をじっと見つめてから、小さく頷いて微笑む。

「わかりました。そこまで言うのなら仕方ないですね。二人のことを認めましょう」

奈々がぷいと顔を背けた。ふんっと大きく鼻息を吐く。

「熊蔵さん、お糸ちゃんはこう見えてなかなかの強情者ですからね。所帯を持ったら、しっかりお尻に敷かれておくのが良いですよ。決して口答えなんかしちゃいけません。お糸ちゃんを怒らせて家を追い出されたら、奈々を訪ねていらっしゃい。一緒に謝ってあげますからね」

「へい、お奈々先生。そのとおりにいたします」

熊蔵が頬を緩めて奈々に調子を合わせた。

「お奈々、ほんとうは寂しいくせに無理をすることはないよ。お江戸の男女がどれだけ気軽に離縁してるかって、あんたならよく知っているだろう？　今は所帯を持ったって、どうせすぐに別れて戻ってくるさ」

イネの意地の悪い声が久しぶりに路地に響いた。

病み上がりのせいで足取りは覚束ないが、顔色はずいぶん良い。

「まあ、おイネさんたら」

糸が膨れっ面の真似をすると、イネがにやりと笑った。

「お糸、あんたはちょうどいいところで手を打ったね。そうそう思い切れるもんじゃないさ。不器用なふりをして、したたかな娘だよ」

「まったく、失礼な婆さまだなあ、俺のどこが、ちょうどいい、ってんだい？」

熊蔵はちっとも気を悪くする様子もなく、にこにこ笑っている。

「熊、よかったな。くれぐれもお糸のことを大事にしろよ。お糸がどれほど悪くても、お糸を泣かせたら、それはつまりお前が悪いってことだ。藤吉兄さんが、お前をぶちのめしに行くからな」

藤吉がイネの部屋から、豆餅の抜け毛だらけの着物で手に猫じゃらしを握って、顔を覗かせた。

「そんなこたぁ、お前に言われなくたってわかっているさ。猫野郎は黙ってな」

男同士顔を見合わせて、ふふんと生意気な悪戯坊主の顔で笑い合う。

「おっと、熊、やっぱりここにいたんだな。作事が休みの日は、決まってここに入り浸っていやがる」

路地の木戸が開いて、道具箱を抱えた岩助が戻って来た。

「親方、せっかくの休みの日だってのに、二六時中俺の顔ばかり見せてすみませんね。今日はどちらへ？」

「作事の途中の手順で、ちょいと確かめたいことがあってね。朝早くに、ひとっ走り行ってきたよ。そうこうしていたところで、ちょうど遠くから作事の場に訪ねてきた人がいたから、運が良かったさ」

「へえ？　親方にお客さんですか？」

「いや、お前の知り合いだとさ。何でも、読売でお前が吾太郎を助けたって記事を見つけた遠縁の人だ、って聞いたぞ。なあ、あんた、そうだよな？　そんなところに隠れていないで、こっちへ来なよ」

岩助が振り返って声を掛けた。

「遠縁だって？　遠い縁者を辿れるような、たいそうな生まれじゃねえはずだけどなあ」

熊蔵が不思議そうな顔をした。

岩助に促されて、路地に五つほどの男の子を連れた若い女が現れた。

丸顔で少々ふっくらした綺麗な顔立ちの女だ。あちらへこちらへと動きながら少しもじっとしていない男の子の手をしっかり握っている様子は、いかにもおっかさんらしく頼もしい。

女は決まり悪そうに、誰にともなくぺこりと頭を下げた。

「お美和（みわ）……！」

熊蔵が息を呑んだ。

「久しぶりだね。ちょいと、ぶらっと、来ちまってね。読売であんたの名を見たから、子を持つおっかさんの身としちゃ、嬉しくてさあ」

美和は親し気に言ってから、熊蔵の傍らの糸の姿にはっと気付いた顔をした。

察しの良い様子で、すぐに顔つきを変える。

その場にしゃがみ込んで蟻（あり）の巣をほじくろうとしている男の子の手を、ぐいっと強く引く。

「あなたがこの人のお内儀さんですか？　はじめまして。私たちは、この人の遠い親戚ですよ。子供と二人、散歩がてらちょいとご挨拶をしたかっただけです。すぐにお暇(いとま)いたしますからね。さ、お前、行くよ。ほら、行くよ」

女が男の子の手を引いた。

「嫌だよう。疲れたよう。ずうっと歩いてきて、足が棒になっちまったさ」

男の子がうんざりしたような声を出した。

「お待ちよ。あんたたち、熊蔵の遠縁なんかじゃないね？」

イネが鋭い声で呼び止めた。

男の子の顔がぱっと華やぐ。

「婆さま、今、熊蔵って言ったね？　この人かい？　この人が熊蔵かい？」

「ちょ、ちょっと、いけないよ！」

男の子は押し留めようとする美和の手を力いっぱい振りほどいて、一目散に熊蔵に駆け寄った。

「おとっつぁん！　あんたが、おいらのおとっつぁんなんだね！　子供を助けたっていう、立派な立派なおとっつぁんだね！　おいら、ずっと会いたかったよう！」

男の子は誇らしげな笑みを浮かべると、熊蔵の足に勢いよくしがみついた。

解説

細谷正充

「かつて、これほど作家デビューしやすい時代があったろうか。そして、これほど作家を続けるのが難しい時代があったろうか」。これは私が十年くらい前から、折に触れて口にする言葉である。いや、本当にそうなのだ。各種新人賞が増加し、デビューの門は大きく広がった。さらに「小説家になろう」を始めとする、Ｗｅｂの小説投稿サイトがいろいろ存在している。そこで注目された作品が、いささかジャンルの偏りがあるとはいえ、次々と商業出版されているのだ。作家デビューのチャンスは、昔に比べると遥かに多い。だから、かつて、これほど作家デビューしやすい時代があったろうかと、いってしまうのである。

だが、デビューする作家が爆発的に増えているからこそ、生き残るのは難しい。有名な新人賞を受賞した、あるいはネットに発表したときから話題になっている。このような理由がない限り、新人のデビュー作には注目が集まらない。書店に本が並んでいる時間も短い。さらにいえばデビュー作が読まれても、面白くないと思われれば、すぐに見限られる。だからやはり、これほど作家を続けるのが難しい時代があったろうかと、いってしまうのである。

ならば現代の作家は、どのような創作をすればいいのか。デビュー作から高い完成度を見せつけ、二作目からも継続した才能を発揮すると同時に、作品世界を広げていかなければならないのである。そして、これを着実に実行している作家が泉ゆたかなのだ。

泉ゆたかは、一九八二年、神奈川県逗子(ずし)市に生れた。早稲田大学卒業後、同大学院修士課程修了。二〇一六年に『お師匠さま、整いました！』で、第十一回小説現代長編新人賞を受賞し、作家デビューを果たす。亡夫の後を継いで寺子屋の師匠になった桃。算術に夢中な寺子屋一の秀才の鈴。鉄砲水で両親を失い、算術に恐るべき才を見せる春。三人の女性の生き方を、豊かなストーリーで綴(つづ)った時代小説は、受賞に相応(ふさわ)しい快作であった。

そして二〇一八年、作者は第二長篇となる『髪結百花』を刊行。母親の後を継いだ新米髪結・梅の成長を、鮮やかに描き切った。『お師匠さま、整いました！』が軽いタッチだったのに対して、こちらは全体が硬質な筆致で書かれている。デビュー二作目にしては大きな挑戦だと思うが、成功したといっていい。重厚な読み味が、作者のチャレンジ・スピリットと確かな成長を感じさせた。

以後、動物医者の夫婦や女大工を主人公とした連作集『お江戸けもの医　毛玉堂』

『江戸のおんな大工』や、母乳外来専門の助産師が新米ママの悩みを解決する『おっぱい先生』を上梓（じょうし）。作者はデビュー作の受賞スピーチで「働く人を書きたい」といっていたが、その姿勢は見事に貫かれているのである。

さらに二〇二〇年十二月に、『雨上がり　お江戸縁切り帖』を集英社文庫から上梓し、文庫書き下ろし時代小説にも乗り出した。本書は、その「お江戸縁切り帖」シリーズの第三弾だ。内容に触れる前に、まずシリーズのアウトラインを書いておこう。

明暦の大火から一年が過ぎたが、まだ町と人の心に傷痕の残る江戸。十七歳のお糸は、湯島の長屋で写本の仕事をしながら、ひとり暮らしをしていた。身寄りのないお糸は、幼い頃から湯島の霊山寺で育ち、下働きをしていた。だが大火を切っかけに、寺を出たのである。そんなお糸のもとに、旧知の女性が訪ねてきた。亭主と離縁したい彼女は、お糸に縁切り状を書いてほしいという。これを切っかけに縁切り状も仕事にしたお糸は、さまざまな騒動にかかわっていくことになる。

シリーズは連作のスタイルで進行する。最初のエピソードから、夫婦の縁切りを題材にするのかと思ったが、その予想は外れた。悪友、スターと付き人、ママ友、親子と、縁切りの内容は、バラエティに富んでいるのだ。そこに素直な性格の、お糸が介入する。実はお糸には、縁にまつわる生霊らしきものを見るという、特殊な能力があった。これが縁切り騒動の裏にある事情を暴く切っかけになるのだ。ちょっとしたファンタジーの要素が、シリーズの効果的なアクセントになっている。

また、お糸の両隣に住む、少女の奈々と老婆のイネが、物語を彩っている。お糸の縁切り仕事を宣伝する、しっかり者の奈々は、大工の父親の岩助とふたり暮らし。でも、大火で母親を失った悲しみが、まだ癒えてはいない。一方、猫と暮らすイネは、子供相手でも本音で喋る。いろいろあって、小石川養生所で働く息子の銀太先生と縁を切っている。第二巻『幼なじみ　お江戸縁切り帖』から、かつて霊山寺でお糸と一緒に育った藤吉も長屋の住人になった。さらにお糸と、岩助の弟子の熊蔵の仲も、微妙に進展している。シリーズの流れに合わせて、お糸の周囲は賑やかになっているのだ。

本書のお糸は、こうした日常が、いつまでも続けばいいと思っている。だが、人間関係は変化するものだ。その事実を作者は、第一章「金目」で突きつける。縁切り状の依頼人は、笊売りの半助。借金を返さない商売仲間の六兵衛から借金と、縁を切りたいというのだ。求められるままに縁切り状を書いたお糸だが、六兵衛から借金が少額だったことを聞いて驚く。そこから、半助と六兵衛の心のすれ違いを知るのだった。

おお、最初から胸に刺さるストーリーである。というのも、私も友人に金を貸して、似たような思いを味わったことがあるからだ。借金自体は返してもらったが、やはりモヤモヤした気持ちは残る。だから半助の心情に、深く頷き、変わってしまったふたりの関係に、納得してしまうのだ。

続く第二章「キツネ」は、江戸に疫病が流行り、写本も縁切り状も開店休業状態のお糸が奈々に誘われ、銀太の仕事を手伝うことにする。小石川養生所のお救い所で、精力的に働く銀太。だが、怪しい踊りで疫病を治すというキツネ面の一団が、銀太を敵視していた。やはり銀太の手伝いをしている女性からお糸は、キツネ面のひとりへの縁切り状を頼まれる。

本作の疫病は、二〇二二年現在も続く、コロナ禍をモデルにしているのであろう。マスクやワクチンの有効性についての論争もそうだが、人は自分の信じたいものを信じる。読みながら、キツネ面のいい加減な言葉に怒る奈々やお糸に同意していたが、銀太の行動に感じ入った。人の心に寄り添うにはどうすればいいか、深く考えさせられたのである。

第三章「紅」は、女房と別れて、早く次の女と一緒になりたいという、商人の辰吉が依頼人。縁切り状を書きながらも、自分勝手な辰吉を諫めてしまったお糸。その後、縁切りされた女房のお弓と話をし、夫婦の関係の難しさを突きつけられる。

夫婦となれば、余所行きの顔ではいられない。作者はお弓の素顔について書きながら、辰吉の素顔も明らかにする。しかしなあ、このネタを使うのかと苦笑してしまった。特定の男性にとって、痛すぎる話である。

第四章「床下」は、五人の少年が、日暮町の亀という少年に、縁切り状を書いてくれと頼みにくる。しかし縁切りの理由は、亀が大嫌いだとか、馬鹿で間抜けなぼんくら野郎だというもの。これは〝いじめ〟だと確信したお糸は五人を諭し、さらに亀を訪ねて話を聞くのだが……。

　本作のいじめを始め、ママ友関係やブラック会社など、作者はよく現代的な問題を題材として取り上げる。それを無理なく、江戸の物語と馴染ませる手腕が鮮やかだ。しかも問題をストレートに描くのではなく、ストーリーに捻りを入れてくる。本作も途中から、予想外の方向に話が転がっていき驚いた。騒動後の、ある人物の述懐は重いが、解決策には笑ってしまった。この重さと軽さの融合も、シリーズの魅力になっている。

　そしてラストの第五章「お守り」でお糸は、霊山寺時代の知り合いである、花問屋のひとり娘・お澄から、縁切り状の依頼を受ける。ひそかに愛し合っている、やくざ者の才助が、悪人仲間と縁が切れるようにしてほしいというのだ。一度は断ったものの、思ったよりも真面目そうな才助にも頼まれ、結局は縁切り状を書いたお糸。案の定というべきか、騒動に巻き込まれていく。

「床下」でイネが、「大人が力いっぱい可愛がってやれば、悪い子、なんて、いとも容易く成敗できるもんさ」といっている。だとすれば本作は、力いっぱい可愛がってくれる大人がいなかった人物が、どうなるかという物語であろう。「床下」の後に本作が置かれているのは意図的なものであり、そこに作者の人間に対する厳しい眼差しが感じられる。テーマを引き立てるための、構成も考え抜かれているのだ。

さて、ここまで各話を読んできたなら、全体を通じて、ある〝縁切り〟が進行していることに気づくだろう。「金目」でお糸は熊蔵とデートをするが、なかなか恋愛感情が深まらない。それどころか「キツネ」から日常的に接するようになった、銀太に惹かれていくのだ。ふたりの間で心を揺らしながら、いつまでも現状を維持していたいと思うお糸は、子供の奈々よりも幼いところがある。しかし時は歩むことを止めず、人は変わらずにはいられない。お糸がどうするつもりかとハラハラしていたら、最後の最後で、とんでもない爆弾が破裂した。おおおおお、続きが気になってならないではないか！　作者の企みに踊らされているのを承知の上で、一刻も早くシリーズ第四弾が読みたい。泉ゆたか、やってくれる。

だがそれは、作者がプロの作家である証明だろう。『幼なじみ　お江戸縁切り帖』の第一章「カラス」の中で、絵師の口を借りて、

「人の歓心ってのは、荒波の渦のようさ。あっちへこっちへ、ひと時だって留まっちゃいない。だから絵師ってのは、決してずっと同じ絵を描いてちゃいけない。（略）もちろん、ひとりの人間がそんな器用なことはできやしないさ。けれど、一つだけ変わり続けることができる方法がある。それは腕を上げ続けていくことなんだよ」

といっているではないか。これは自身の作家としての姿勢と覚悟を述べたものといえる。時に登場人物を厳しく見つめる作者は、自分にも厳しい。だから作家を続けるのが難しい時代に、果敢に立ち向かっていけるのだ。その姿勢と覚悟がある限り、これからも素晴らしい作品が生れることだろう。

（ほそや・まさみつ　文芸評論家）

本書は、集英社文庫のために書き下ろされた作品です。

泉ゆたかの本

雨あがり　お江戸縁切り帖

手紙を代書する縁切り屋を営むことになった糸。思いに反し温かな別れの数々に直面して……。必ず別れるからこそ、大切にしなきゃいけない縁がある。青春時代小説、新シリーズ開幕。

集英社文庫

泉ゆたかの本

幼なじみ　お江戸縁切り帖

別れがもたらすのは、悲しみだけではないと少しずつわかり始めた糸だが、縁切り屋稼業への違和感は今だに消えずにいた。様々な人々の別離に心は乱れて……。青春時代小説、第二弾。

集英社文庫

集英社文庫　目録（日本文学）

伊集院静　琥珀の夢 小説 鳥井信治郎（上）（下）
泉鏡花　高野聖
泉ゆたか　雨あがり　お江戸縁切り帖
泉ゆたか　幼なじみ　お江戸縁切り帖
泉ゆたか　恋ごろも　お江戸縁切り帖
伊勢崎賢治・布施祐仁　文庫増補版 主権なき平和国家 地位協定の国際比較からみる日本の姿
一条ゆかり　実戦！恋愛倶楽部
一条ゆかり　正しい欲望のススメ
一田和樹　天才ハッカー安部響子と五分間の相棒
一田和樹　女子高生ハッカー鈴木沙穂梨と0.02ミリの冒険
一田和樹　内通と破滅と僕の恋人 珈琲店ブラックスノウのサイバー事件簿
一田和樹　原発サイバートラップ
一田和樹　天才ハッカー安部響子と2,048人の犯罪者たち
一田和樹　最新！世界の常識検定
五木寛之　こころ・と・からだ
五木寛之　雨の日には車をみがいて

五木寛之　不安の力
五木寛之　新版 生きるヒント1 自分を発見するための12のレッスン
五木寛之　新版 生きるヒント2 今日を生きるための12のレッスン
五木寛之　新版 生きるヒント3 癒しの力を得るための12のレッスン
五木寛之　新版 生きるヒント4 ほんとうの自分を探すための12のレッスン
五木寛之　新版 生きるヒント5 人生にときめくための12のレッスン
五木寛之　歌の旅びと ぶらり歌旅、お国旅 東日本・北陸編
五木寛之　歌の旅びと ぶらり歌旅、お国旅 西日本・沖縄編
伊東乾　さよなら、サイレント・ネイビー 地下鉄に乗った同級生
伊藤左千夫　野菊の墓
伊東潤　真実の航跡
いとうせいこう　鼻に挟み撃ち
いとうせいこう　小説禁止令に賛同する
絲山秋子　ダーティ・ワーク
井戸まさえ　無戸籍の日本人
乾ルカ　六月の輝き

乾緑郎　思い出は満たされないまま
犬飼六岐　青藍の峠 幕末疾走録
井上荒野　森のなかのママ
井上荒野　ベーコン
井上荒野　そこへ行くな
井上荒野　夢のなかの魚屋の地図
井上荒野　綴られる愛人
いのうえさきこ　圧縮！西郷どん
井上ひさし　ある八重子物語
井上ひさし　不忠臣蔵
井上麻矢　夜中の電話 父・井上ひさし最後の言葉
井上光晴　明日 一九四五年八月八日・長崎
井上夢人　あくむ
井上夢人　パワー・オフ
井上夢人　風が吹いたら桶屋がもうかる
井上夢人　the TEAM ザ・チーム

集英社文庫　目録（日本文学）

井上夢人　the SIX ザ・シックス
井上理津子　親を送る　その日は必ずやってくる
今邑彩　よもつひらさか
今邑彩　いつもの朝に(上)(下)
今邑彩　鬼
伊与原新　博物館のファントム　箕作博士の事件簿
岩井志麻子　邪悪な花鳥風月
岩井志麻子　瞽女の啼く家
岩井三四二　清佑、ただいま在庄
岩井三四二　むつかしきこと承り候　公事指南控帳
岩井三四二　室町もののけ草紙
岩井三四二　「タ」は夜明けの空を飛んだ
岩城けい　Masato
宇江佐真理　深川恋物語
宇江佐真理　斬られ権佐
宇江佐真理　聞き屋与平　江戸夜咄草

宇江佐真理　なでしこ御用帖
宇江佐真理　糸車
植田いつ子　布・ひと・出逢い　美智子皇后のデザイナー 植田いつ子
上田秀人　辻番奮闘記　危急
上田秀人　辻番奮闘記 二　御成
上田秀人　辻番奮闘記 三　鎖国
上田秀人　辻番奮闘記 四　渦中
植西聰　人に好かれる100の方法
植西聰　自信が持てない自分を変える本
植西聰　運がよくなる100の法則
上野千鶴子　〈おんな〉の思想　私たちは、あなたを忘れない
上畠菜緒　しゃもぬまの島
植松三十里　お江　流浪の姫
植松三十里　大奥延命院醜聞　美僧の寺
植松三十里　大奥秘聞　綱吉おとし胤
植松三十里　リタとマッサン

植松三十里　家康の母お大
植松三十里　ひとり白虎　会津から長州へ
植松三十里　会津の義　幕末の藩主松平容保
植松三十里　レイモンさん　函館ソーセージマイスター
植松三十里　慶喜の本心　徳川最後の将軍
内田康夫　浅見光彦豪華客船「飛鳥」の名推理
内田康夫　軽井沢殺人事件
内田康夫　北国街道殺人事件
内田康夫　浅見光彦　四つの事件　名探偵と巡る旅
内田康夫　名探偵浅見光彦の　ニッポン不思議紀行
内田洋子　カテリーナの旅支度　イタリア 二十の追想
内田洋子　どうしようもないのに、好き　イタリア15の恋愛物語
内田洋子　イタリアのしっぽ
内田洋子　対岸のヴェネツィア
宇野千代　生きていく願望
宇野千代　普段着の生きて行く私

集英社文庫

恋ごろも　お江戸縁切り帖

2022年７月25日　第１刷　　　定価はカバーに表示してあります。

著　者　泉　ゆたか

発行者　徳永　真

発行所　株式会社　集英社

東京都千代田区一ツ橋2-5-10　〒101-8050

電話　【編集部】03-3230-6095

【読者係】03-3230-6080

【販売部】03-3230-6393（書店専用）

印　刷　凸版印刷株式会社

製　本　加藤製本株式会社

フォーマットデザイン　アリヤマデザインストア　　　マークデザイン　居山浩二

ISBN978-4-08-744417-9 C0193